元·王結撰

文忠集

中國書店

詳校官助教臣李巖

臣紀昀覆勘

欽定四庫全書　　集部五

提要　　別集類四　元

文忠集六卷

臣等謹案文忠集六卷元王結撰結字義伯定興人仁宗在潛邸時以薦充宿衛及即位遷集賢直學士元統中官至中書左丞文忠其謚也事迹具元史本傳史稱結有集十五卷王圻續文獻通考所載亦同今久散佚惟

散見永樂大典者採掇排比尚得詩一百三十四首詩餘十三首編為三卷又雜文九首為一卷問答五首為一卷善俗要義三十三條為一卷共成六卷結為元代名臣張珪稱其非聖賢之書不讀非仁義之言不談今觀是集殆非虛語詩多古體大抵舂容和平無鉤棘之態文亦明白暢達不涉雕華其中上宰相論八事書乃結年二十餘遊京師時所

作平生識力已具見于是問答五條皆與吳澄往復之語或闡儒理或明經義可畧見其學問之根柢善俗要義乃結為順德路總管時所作以化導閭里凡教養之法纖悉必備雖瑣事常談而委曲剴切謀畫周密如慈父兄之訓子弟循吏仁愛之意藹然具見于言表尤足以見其政事之大凡統觀所作所謂詞必軌于正理學必切于實用者也固不與

文章之士爭詞采之工拙矣乾隆四十五年
十月恭校上

總纂官臣紀昀臣陸錫熊臣孫士毅
總校官臣陸費墀

欽定四庫全書

文忠集卷一

元 王結 撰

五言古詩

古意

幽人捐筋力自斸十畝荒手持蟠桃核種之南山陽一年萌蘗生百年枝幹長迤邐三千年美實期見嘗客從都邑來衣馬多輝光芬華欲分贈朝露沓幽香笑我太遠計悠悠何所望

咏史

公孫乘喪亂竊號據巴蜀援也惟故人千里來不遽陛戟森以嚴賔儀繁且縟畧去鄉曲情誇耀帝王服伏波蓋代英豪氣謝羈束一笑井底蛙區區事邊幅駕言復歸來玉趾真勞辱東方有美人展也劉文叔

孟氏命世賢抱道思經邦將隆堯舜業千里遊齊梁終老無遇合遲遲尚彷徨魯平何足云譏夫有臧倉燕石哂荆璧魚目笑夜光良寶竟棄捐千載為悲傷

戰國事富强好士爭相先翩翩四公子賓客盛三千吳
起既適楚樂毅亦歸燕雞鳴狗盜賤峩冠列賔筵孟荀
紹孔業赫赫蓋世賢伊誰共天職高論徒森然汝彼腹
背羽六翮反棄捐亂亡諒不救烱戒垂千年
漢祖握乾符銳意除暴秦求賢冠台鼎蕭曹惟故人叔
孫亦世儒坐見禮樂新紛紛刀筆吏濟濟俱簪紳兩生
抱遺學獨異世殊倫躬耕汶水曲索寞誰相親
漢廷富衣冠流風重周旋君看往還人名位相後先憲

府領舉劾中臺執機權門闌隘輪蹄交口稱才賢亦有同門友窮居守太玄過門不一顧寧望相薦延富貴易交驩貧賤相棄捐翕翕夸毗子區區亦堪憐騶虞宅靈囿丹鳳鳴朝陽濟濟臯與夔端委居廟堂雍容百僚上都俞二帝旁藹藹王化隆皡皡斯民康懿德冠羣倫名與日月章此道久陵遲誰為振頹綱喬松偃澗底寸苗茂山岡巖躃負且乘元元被餘殃念之軫余懷憂思迫中腸感慨未能已零露忽沾裳我欲陳斯詩

其言悲且長聊且樂吾樂多憂令人傷

平津未遇時牧豕東海壖白首抱麟經英名動菑川王明揚側陋台席冠羣賢未覩經邦業齷齪徒備員迎合天子意首鼠持兩端既棄仲舒材寧顧汲黯言居然刀筆吏謬以儒術緣阿諛負重任千載有餘愆自古寧一死俯仰興長歎

嚴光隱桐廬遠跡混樵牧鶴書屢搜訪物色徧巖谷安車入洛陽天子来同宿狂奴饒故態伸脚加帝腹長揖

金鑾殿超然返初服世祖不為屈子陵豈為瀆公卿亦
何人視我同草木

古意

穹宇孰綱維率土同照臨端拱遊穆清重明燭幽深寛
裕諒天覆發育惟天心仁義奠民極陽開復闔陰天人
永相符至理無古今應兮係所感善敗常相尋駕言適
郊原四壯行駸駸鴻雁號空陂鷹隼集壯林長歌漫鳴
鳴殷憂亦欽欽后夔威鳳來如玉式如金渾渾開塵編

渺渺驅煩襟
猖狂無鹽醜自獻投齊君綽約東家施俯首羞效顰蹇
脩稱良妁采采華其身千金不一諾未易充下陳庭下
春華敷門前秋草新幽蘭生深林沓香徒自珍憂心良
悄悄薄幸空紛紛頑言金玉操歲晚無緇磷
青青霜中柏欝欝千歲姿雙烏何處來構巢最高枝拮
据巢已成啞啞哺其兒飛翔上林間勁羽明朝曦烏子
負靈名見異忽噪之一朝啄腥腐宛若城頭鴟梧桐何

萋萋竹實亦離離遲彼威鳳來愴恨增傷悲

張梅友編修以古詩四首見贈次韻答之

野鶴愁樊籠淵魚畏罟網宿緣在丘壑秋風動遐想顧

惟愚戇姿難逐世俯仰豈無功名念身屈道已枉緬思

牛山木日夜在所養

游心經濟業奇貨真可居章甫適甌駱一旦成區區撫

掌青雲人笑我談詩書舉世治筐篋此風定誰驅探丸

欲捄之滔滔竟何如

我本濩落人多君許同志屢陪杖屨遊洗心仰高義我歸唐溪隱君守浙江吏閒然逃空虛玉音莫余棄矯首雁蕩山南雲滿離思梅友溫州人黃鵠慕高舉拊翼臨幽燕晨昏違菽水一日如三年亦有王使君懸車未華顛寄聲招我還恐為世網纏歸休侍函丈努力希聖賢

仲安廉訪以遊唐溪二詩見贈作此奉答

五年客東州友道亦云廣豈伊曠同遊不如我賢丈川

塗緬離异形留心已往終焉阻良覿何由弭長想歸歟
有兹日駕言戒徂兩雍容造賔階秋空挹高爽公昔司
風憲謀國極忠讜中年清淨退超然逃世網招攜我輩
人物外窮幽賞琴樽對溪山杖屨涉林莽顧惟迂闊姿
慚公謬知獎屢承函丈教頗覺道心長持身貴清潔涉
世禁衺枉邀馬期遠大前修以景仰明珠忽見貽蓬蓽
驚輝朗罷勉未能報翛然滌塵坱
雪後伏聞至治改元誕敷明詔覆育羣生德至

渥也謹賦五言古詩一章以形容盛美萬一

雨雪嵗將宴祥風播陽春綸言頒九霄昭格協天人龍衮搢大圭齋明奉宗禋縟儀肅備物景貺斯無垠嗣服謹初元體元以居仁烝民一何幸皡皡陶鴻鈞何煩登春臺何用歌南薰曠哉八紘内萬彙欣芸芸小臣伏畎畝擊壤偕齊民斐然遂成章猗那頌昌辰

士友屬和再次前韻

龍飛握乾符駘蕩坤輿春華勛駿儀刑欽恭以安人欽

恭惟孝思宗祏舉明禋昊穹錫純嘏汪濊流無垠彩鳳
銜丹書萬寓數皇仁仁風播羣品坱圠如大鈞咨諏儲
楩柟選守令亦復采蘭薰行看幽潛彥莪冠起耕耘周南
雖留滯幸備時雍民俯仰天壤間雅歌樂逢辰

立春

獻歲倏旬浹寒威尚留連今夕復何夕淑景初和暄緜
杖碎土牛春陽藹郊原出門步屧徐如身脫拘拳又如
三季末一見堯時天梅柳競開拆草芽亦芊芊萬木沐

和煦枯萎變芳妍蹇余物之靈奚獨若迍邅明時未高步朱墨事磨研幽懷諒誰語逍遥度芳年短章雖漫興聊用寫憂悁

贈別徐彦昭教授

崐丘孤鳳雛采翮粲如綺渥洼汗血駒壯志在千里徐生士林秀嶄然見特立妙年懷遠大刋落紈綺習傾心辱相訪英姿照衡門雅志許共學遺經深討論子來何遲遲我去方汲汲交臂遽分手悵望何嗟及臨岐重徘

徊一言持贈君人文垂煥炳要須策奇勲奮身遵大路洗心居廣居棄捐俗學陋顏曾乃真儒人生若萍梗豈得常相見契愛苟不忘千里同會面别後定相憶時時惠徽音叙予日新功聊以慰我心

讀唐百家詩選

風雅變漢魏近古猶可取六朝傷綺靡道喪亦已久子昂振高風感遇傳不朽李杜俄繼興英名擅星斗芙蓉照初日亦有韋與柳衆賢復炳燿升堂窺戶牖森然羣

玉府煥若春花圃嗟嗟大歴還制作半好醜端為垂世
規區别豈容後荆公選詩眼政如經國手自用一何愚
美惡頗雜揉驪珠時見遺魚目久為寶唐詩觀此足誣
人何太厚誣人寧此詩感嘆重搔首

病中偶和韋蘇州詩

黄鵠戢短翮爰集江之涘海鷗憺相忘翛然亦戾止抱
瘵呻吟餘擊缶歌下里忽聞陽春曲南薫泛綠綺龍門
萃髦彦楚材稱杞梓迭奏正始音窈眇諧宫徵皇風藹

清穆大路平如砥言觀麗澤象偲偲勗多士堅貞瑩圭
璧芳馨襲蘭芷戮力芸我田前修蹈遐軌

作古詩一篇奉呈庶齋盛翁曁諸士友繼再用
原韻未及録呈蒙庶齋洎諸友示予和章而容
川劉君所作與余再和第二篇梓字韻一聯合
若符契迺重次前韻用以贈劉仍不改前句以
表志同道合之意云

廬阜抗靈嶽磅礴奠江溪豈伊宅列僊多士亦爰止士

林擢孤秀峩峩冠仙里貽我英瓊瑶藉以雙鴛綺愧此
樗櫟姿跂彼喬與梓壎箎唱斯和合宫復諧徵奇君如
莫邪鋒鍔幾淬砥櫝韞諒已久賞音豈無士老我歌遠
遊佩茝扈芬芷方駕遵脩途騑騑忽停軌

復次前韻呈庶齋先生

伊昔汗漫遊弭節江之涘娥英阻靈覿九疑徒仰止超
忽歲云邁駕言返田里被我芙蓉裳啓章褧如綺亭亭
南山桐巃嵸北山梓爰伐清廟瑟朱絃發宫徵願惟椎

鈍質永言資礪砥豈無青雲彥眷茲黃髮士贈我荊山
玉報以沅江芷軼駕諒絕塵遙驅尚同軌

病中偶讀韋蘇州歲日寄京師諸季端武等詩

因次其韻

卧痾逾休吉偶遂清淨緣幽懷復坦坦謝彼塵慮牽憶
昨擁朱轓守邦江北壖與效鉛刀用剡茲强仕年上將
布德澤下以惠顛連拙疾負宿心孤節差可全緬懷千
載人聊用善自詮故山足棲遲解纓濯清泉縹緲造物

游閬此歲序遷孤鶴忽騰翥軒軒返芝田

無題

駑馬非龍媒形如渥洼駒眷戀棧頭恩低首駕鼓車逸足思籋雲羈靮有所拘豈無九方歅相視空嗟吁天厩十二閑飽秣玉山芻立仗殊不鳴矯矯真良圖造物等嬉戲孰賢復孰愚浩歌撫秦缶繞屋聲嗚嗚

猗猗彼芳蘭托根華池邊婉孌結新婚期若金石堅金石信不渝婚嫁當及年遥遥遠寄音迢遞阻山川望君

君未來芳歲宛徂遷感彼芙蓉華灼灼艷且鮮
黃河出崑崙九曲赴東海知歷幾險艱朝宗意斯在桓
桓南山松特立閱千載枝柯欝且茂不為歲寒改世故
饒變更倚伏難豫待但秉金石心兹生尚無悔
西州有寒士結屋山之麓鋤治五畝園但植梧與竹汲
井滋芳根列垣護眞木綠竹漸有實梧桐陰始綠鳳兮
渺何許遲爾一來辱雅意在千年君心何太速
肅肅張兔罝依依守雉罼超然龍與鳳世外保優逸離

羣豈不若自頤寡儔匹白駒爲場苗俯首就維縶所以
嚴子陵不爲漢光屈
太公混漁釣伊尹隱耕耨一朝遇眞賞欻起佐元后世
無九方皐相馬失之瘦昂昂千里駒安肯戀棧豆吾慕
鄭子眞躬耕老巖岫
行行復行行出門恣遊行溪邊散餘步溪水清且淺魚
鳥各從容閒雲任舒卷秋風柳𡾰屹歲寒松偃蹇喜茲
秋郊淨樂我襟懷展襟懷日以展我心日以遠安得同

志人共陟青雲巘

孤鳳行

青青南山樹，羣鳥所托棲。一鳥據其顛，百鳥相追隨。孤鳳從南來，采翮多光輝。朝飡琅玕實，暮宿梧桐枝。昭然文明祥，應瑞安黔黎。物情忌異類，羣鳥爭背馳。由來鸞鳳心，燕雀焉能窺。矯首顧八荒，欲向丹穴歸。祥麟遊帝郊，黃龍棲天池。何當會風雲，相與垂鴻儀。我欲獻丹誠，昌言犯羣威。遲迴歲將晚，悵望空嗟欷。

送吳德讓先輩赴濟陽稅使

東州有佳士磊落青雲人胡為久不遇將老猶邅迍三年瀛洲幕小試才未伸抖擻簿書累日與文史親陽春良寡和趙璧絕緇磷閉門養廉素簞瓢樂清貧況復有令子迴為席上珍理義共怡悅翛然出塵紛勑書自天來監稅濟水濱驅車涉長道不遑駐逡巡愧我樗散材中空外輪囷遊君父子間厚意何肫肫歲月易徂邁倏忽及離辰後會定何日念之心紛紜徘徊衢路側持酒

重勸君佇立忽不見惘然愁我神人生非鹿豕安能久
同羣唯當政理暇早寄相思文

贈張梅友

楚國有名姝揚蛾入修門託身紫雲裏頗承明主恩衆
女競專房青蠅點璵璠深宫閉嬋娟抑欝空銜寃悠悠
徂白日寂寂愁黄昏昔如鳥擇木今若羝觸藩青鳥有
修翮雲霄渺飛翻桃李自敷榮脉脉終無言海上逐臭
人掩鼻惡蘭蓀養彼惡木枝棄此芳樹根幾欲瀉肝膽

長謡徹天閽為君一湔拂寒谷生春温我方困貧蹇囁嚅且復吞臨風歌此曲聊與知者論

贈王巨卿

夭矯松柏姿恥效桃李顏冰霜摧萬木欝欝凌歲寒夫君抱高躅幽素心自安蟬蛻聲利場永結詩書歡顯允東菴公文學擬揚班晚喜得之子芳桂擢榛菅我亦寂寞人深居結幽蘭荷君年德尊逸駕容追攀伐木何丁丁鳥鳴亦關關眷言求友志千載誓弗諼古來道義交

志趣非俗觀責善復輔仁豁達傾肺肝知人固未易賞
心良獨難珍重同懷人共考南澗樂

贈玉闗子

集賢學士吏部尚書之弟號曰玉闗子介吾宗英賢
别駕持卷求詩余觀玉闗子詩筆畫品文采蔚然又
能清雅好古以求交於四方賢大夫士殊可尚已然
資禀高而年未艾更當玩心遺經使夫理明而義勝
則學問益進德性益尊其文藝之已能者愈見造詣

神妙攀古人之駕而與之並驅也勉旃勿怠

渥洼汗血駒西度流沙磧驤首一長鳴冀羣皆辟易矯矯千里姿良樂逝安適緬彼十二閑跼足甘伏櫪羈靮駕鼓車局促復何益聊續天馬歌一唱三歎息

贈成子周

若士抱高趣陸沈固無慍詩書闡鄉校優游樂終隱豈無捷徑遊欲去誠不忍坐令歲月馳縞髮變玄鬢溫溫處謙卑坦坦絕畦畛每見心為降令人塵慮泯固窮凜

奇節摛文見豪敏破屋書五車不解救寒窘美人慕佳
治綠鬢插紅槿霜松老岩壑歲暮黃葉隕輝輝荆山前
伊誰發石韞更欲弦吾詩深裒寄瑤彰

贈丁左司太初

天馬來西極絶足日千里高義冠羣倫清修落紈綺明
時盛才彥經綸屬之子中臺入幕賓郎足慰遐邇班聯
玉筍間名在金甌裏除書徙東曹機務煩料理向公耐
官職衹命不遑遑喜遅迴弗敢進賀客空雲委臣門諒如

市臣心澹如水矧臣素多疾深懼孤任使祝君勿多讓强爲明詔起上振國綱維下撫民瘡痏植穀去稂莠選材收杞梓努力樹勲名暀暀光信史蹇余困鉛槧碌碌賤且鄙空存濟時心頭顱已如此君膺公輔望光寵方未已佇看永徽風坐繼貞觀美賤子樗散材空名誤知己猶能頌太平考槃西山趾

戲贈趙景賢

前年馬生角去年天雨粟悠悠千載間寒士難推轂趙

侯登仕版窘若推持屋鞍馬二十年官職何碌碌況我草閒人衡門抱幽獨豈無室家顏無媒適為辱英賢滿臺閣采采多奇服誰念千里駒跪足彼空谷

贈楊凝亭璋

潛虬蟠尺水反受魚蝦制祥麟出非時未若犬羊貴古来青雲人或作中林士流俗之真賞白眼俯下視千年陽春曲知音誠未易欲為己人唱中情良自愧五年古河間踈賤衆所棄風流兩臞仙叩門時一至楊子業和

扁逈與世人異持身若醇儒欝欝懐利器李侯富春秋
天質温且粹詩書窺閫域困窮有竒志嗟哉我非夫未
遂揩困義獨有洙泗學汲引惟深地古友友其德今友
惟勢利勢利豈終保友情一朝墜君看桃李花春容徒
嫵媚不見松與柏歳寒有真意我歌伐木章一唱三歎
喟更欲白頭吟感慨傷人思

姚雪齋雙泉詩

乾坤溢雙泉鬳沸秦山陽禀受各竒偏來者見未嘗西

泉冷於冰東泉沸如湯同流滙石室盥濯傾一方惟水行地中寒溫亦何常如氣出諸口噓呵異炎涼清濟何泠泠大河濁洋洋茫茫天壤間是物誰主張惟思此泉上解衣一倡徉更欲灑八區滂沱洗民殃低佪不得去緇塵滿襟裳矯首西南望怨彼關山長

欽定四庫全書

文忠集卷二　　　　元　王結　撰

五言古詩

十月六日有白鶴數千自北而南迴翔飛集久之方去以詩記之

青田有雙鶴養子沭溪中翛然出塵物此地未易逢今朝定何朝愛日初融融老鶴不知數翔舞盤高空軒軒萬里去意態何雍容赤霄侶威鳳不與鴛鷺同胡為此

來集眷眷意無窮羣僊宴鈞天與酣樂方冲遥憐有道世故遺下瑶峯我亦磊落人永言謝樊籠幸遇此桀者庶得諧心胷左引王子喬右揖浮丘翁翩然共僊馭歘起凌長風飡霞餌甘液緑髪雙方瞳遨遊五百年駕言還故宫

贈别李承之僉事

靡靡歲年晚肅肅霜露霏君子不遑處四牡來騑騑月出方皎皎我心恒依依今夕復何夕山中仰容輝惠而

有深契使我心説夷北風日以涼行役乃無期言邁不可留悽然餞將歸永懷金玉音時得慰渴飢

次貢仲章韻二首

凌晨啟閶闔冠蓋何填填中有瀟灑人世網寧縈攣深嚴玉堂署羣彥推予先高閒絶簿領坐閱歲序遷愧我縛塵纓仰止雲林僊會尋遂初賦振衣蒼崖顛（仲章號雲林子）

巍巍盖世勛赫赫高世名緬懷殷周盛取彼釣與耕云

何商嶺老岩居避强嬴歲暮黃鵠歌僅見羽翼成陵夷百代下伊誰持此衡若人秉高志落落期壯行彈冠自有道何必遺世榮貢公未遺榮康樂詩也

題許文仲餘歡堂

鵷鸞藹京國振羽天池濱美人青田鶴翛然出塵紛委蛇隱市朝夷猶保天真熙熙黃虞化皡皡無懷民清歡良有餘素節傳不泯階庭秀蘭玉衿佩還詵詵我來亦清曠高風越羣倫卓哉董邵南無愧昌黎文

會飲

士友少嘉會遠矣非獨今今日復何日邂逅盍朋簪雲翁古仙伯惠然一見臨羣賢意無間契愛逾蘭金笑言不知疲善謔餘規箴一觴復一詠雍容樂且湛人生處斯世悠悠誰賞音會遇不盡歡云何開我襟還思過三爵為樂戒荒淫千年蟋蟀詩賢哉古人吟

送陳推官泉州之行

東皇布春令百卉競芳菲私懷獨耿耿重與伊人違念

予濟時傑職當列彤闈忠言補袞職勲庸紀常旂多士
仰清塵萬物蒙光輝胡為萬里行司刑南海湄四壯不
遑處王程自有期丈夫垂大觀遠行安足悲皎皎瓊樹
枝瘴癘非所疵雖居遐陋邦君子詎磷緇細民多詿誤遠
人半瘡痍期君樹佳政庶用慰渴饑

寄王誠甫

幽蘭生深林清香藹遐邇黄鵠志青雲舉翮日千里王
子當妙齡強學未為已高譽滿鄉閭文章燦如綺一朝

從辟書振袂幡然起霜臺足時英夫君望尤美食蘖無
苦心飲氷堅素履發軔萬里途行行未云已鑾車待騏
驥明堂須梓杞盛世立勳名輿情屬吾子我本蓬室士
門前結車軌深居味道腴靜坐玩經史荷衣裛江蘺玉
珮紉芳芷深媿少師承期君為指示別來知幾何俛仰
踰一紀空記十年面未遂一笑喜引領北望君迢迢隔
烟水南轅倘過我洗心聞妙理

寄康和之先生

龍門紹絶學雲谷要成功坐令百代下一變洙泗風微生一何幸恍若開盲聾寥寥千古夜日出扶桑東國朝譪多士道統歸許公邇來誰繼之四海彝菴公温温君子儒正學沃深衷廉隅厲其操道義飭其躬頹然物無競澹若心獨冲和風與愛日觸物春融融聲名四十年懷寶潛蒿蓬人間富與貴浮雲曳晴空朅来詔徵入盛德師三雍還又謝病歸甘辭軒冕崇軒軒海上鶴冥冥天際鴻弋人復何慕詎肯安樊籠愧我蒙後顧蒹葭倚

長松豈惟鄉曲念又喜臭味同顧茲魯鈍質頗言資磨礱何時侍函丈坐我春風中

中秋感懷

炎炎暑方徂忽忽秋已半涼風披梧楸白露洗河漢華月出林表照我光爛爛恍然白銀闕萬里入奇觀旅館政幽獨清光誰與翫憂思坐已盈長夜何時旦西南睠庭闈山重路漫漫憐兒久飄零對月增浩歎方遊豈云遠邅迴歲時換愁懷諒何似垢衣未濯浣犧尊薦清廟

不數溝中斷長哦五字詩聊用起慵懊

登開元寺塔呈同遊遂初敬仲二友

千尺玉浮圖孤撑揷碧天步登最高頂縹緲青雲顛頓忘六月暑逈脫市井喧極目眺區宇更覺心悠然太行鎮中州勢與碣石聯唐溪注東溟千里青蜿蜒今日復何日得此佳山川長風萬里來衣袂輕翩翩舉手謝浮世一笑如得仙况陪兩君子濟濟皆英賢高論屢起予亹亹相後先我有白雲望不獲久隨肩驅馬復東去幽

懷良未宣大君屬孤節賤子當勉旃莫忘共遊樂永保金石堅

琴硯

南山有孤桐老幹青輪囷閱世百年久獨出萬木羣鍾期既謝世伯牙亦凋淪徒抱琴瑟質棄置蒼崖濱磅礴清淑氣抑欝苦不伸同類自相感孕秀入雲根良工有妙識有見如揮斤爵以石鄉侯輙贈蕭散人朱絃不更張徽軫良具存希聲閟堅璞文苑策奇勲體備金石堅

色含璋璧温泓澄湛寒泉霮䨴生玄雲銅雀等瓦礫端石匪天真唯茲清廟器超絶難擬倫王君書翰學忍是逸少孫得之喜無寐契愛踰情親明窻一揮霍氣象奴羊欣邀我為賦詩自愧言無文獨有荒陋語為我試直陳墨池未足責筆塚未足珍名教有樂地吾道無緇磷上窮洙泗源下沿濂洛津根柢既深固柯葉自繽紛剗茲翰墨功從此如有神期君宗令德餘事同埃塵

寄高彦敬侍郎

燕山鬱秀色勢與嵩華同蟠屈掩幽薊突兀摩蒼穹英
靈賦詩人磊落皆豪雄君侯尤秀發傑出稠人中軒軒
萬里鶴矯矯千丈松道義冠羣倫文采傾諸公蘭省仰
清議栢臺舊乘驄丹心抱誠懇素節凜孤忠持憲荆湖
間禮樂變夷風尺書近徵入帝洛汝共工看君絕世姿
會建不朽功清風映萬古永永垂無窮憶昔任城郡邂
逅欣初逢枉君高明鑒顧我栖遲蹤涼夜對榻眠言論
相從容政資薰陶益别離惜匆匆邇來六七年參商邈

西東我耕寬閒野君侍明光宮隱顯既殊途會合知無從尚想見眉宇一洗鄙吝胸世事諒難必幽懷徒忡忡對菲倘不遺願托南飛鴻

重賦凝雲石

擾擾京華塵紛紛簿書叢何以洗我心有此雲一峯雲峯小靈鷲飛來杳無從匆云拳石多綠翠如芙蓉烟嵐謁氤氳巖岫虛玲瓏玉立照書几一室春濛濛西山鎮全燕秀色浮晴空開軒遠相暎氣勢爭相雄主人有山

癖夢想游華嵩邂逅此尤物雅意極歡悰石鼎插巖桂
瓦盆植稚松一笑成四老浩歌醉春風

春日偶感

溶溶陂水綠關關林鳥哢陽光入原隰春意欲飛動野
人振枯槁亦有瞻天夢縹緲蓬萊宮雲中見高棟
春陽媚朝華秋霜悲宿莽宿莽生已微朝華乃風雨幽
人兩相忘空山澹凝佇翛然釋塵縛翔泳遂鱗羽
登山無輕車涉水無方舟荏苒歲云徂行子何淹留所

思豈云遠在彼河中洲安得淩風雨日夕從之游

再用前韻

山花發新妍山鳥喧晴哢太昊乘蒼龍萬彙各萌動貞松聳幽壑獨抱歲寒夢千年構明堂尚可備梁棟

靈修被奇服深居翳林莽瞻彼道路長值此溟濛雨空谷聆車音結蘭久延佇眷眷瑤華詞願托歸飛羽

誰謂大江遠亂流用輕舟風波耿中懷欲去還遲留粲粲芙蓉裳采采蘭杜洲遙歸衡門下撫缶歌遠游

郡齋偶成

孤雲何亭亭徘徊南山巔風飄忽從龍輪囷間霏烟我實迂疎姿夙締丘壑緣解逅抗塵容繚繞世網纏三年襄國守吏民頗相憐凝香坐郡閣誤得靜者便朅來廣陵中愧彼騎鶴仙簿領何繽紛獄訟亦喧闐謬懷清靜化擾擾無由宣負此蚩蚩氓浩嘆長風前老鶴困樊籠鎩翮空翩翩芝田渺何許寤寐思騰騫故園耿幽懷宛在唐溪邊長歌歸來辭亂以招隱篇

悠悠百年夢黷黷終日思黽勉慕高躅坐閱歲序馳分符竊異恩中情恒忸怩願言策駑蹇誓將荅鴻私上以宣德澤下以撫惸嫠民淳訟事簡拙者何所施清時明黜陟尸素恐見疵投劾早還歸東郊效耘耔經綸付羣公勳庸紀常旂何以期歲晏硜硜不磷緇

伏暑蒸溽端如困酒南風時來泠然解酲醒爽之餘抒發病思哦兹五言奉荅嘉貺

昏昏毒炎溽薄言敞櫺軒輕風忽南來凉思何飄然南

風應嘉會操此長養權時能滌煩酷不異濯清泉重華儼巖廊袗衣鼓朱絃汪濊敷湛恩因之被元元風霜豈云厲閶闔成歲年胡寧虫虫氓怨咨徒喧闐何年飛雙鳧爰及崑崙巔永言謝寒暑喬松共周旋羈馬阻遐騁長歌寫憂悁

題梅花橫披

凜凜歲方晏春意初未迴花神洩天機催起南枝梅孤標冠羣芳高韻絕纖埃縹緲玉京人弭節踈林隈所思

渺天末我馬方迍隤驛使未云逢月落空徘徊畫史寫
芳容橫枝綴瓊瑰撫卷又增嘆美人猶未來

道士虛一趙君曩嘗代祀嶽瀆海鎮縉紳先生
矢詩以壯其遊令茲將歸休建業之玄妙乃作
五言一章以續前詩之末

孤鶴斂脩翮阿閣歸長離一舉越岷峨再舉臨天池今
年復何年重思脫塵羈縞衣照玄裳縹緲南雲飛冶城
邈清都羽人共追隨當年謝太傅行藏繫安危永懷東

西巖于兹亦依依君今蹈高躅終焉足棲遲褰予畏官
箴騁望空嗟咨

送奉使幕府袁希顔還京師

鳳凰攬德輝千仞翔雲霄爍然忽來儀豈惟聞簫韶美
人抱荆璧雅志何噐噐側席政求賢峩冠入清朝邂逅
從芝宇曠爾塵慮消擊節誦新文凌雲氣飄飄顯允皇
華使諮詢逮芻蕘婉畫幕中賔德音日孔昭高軒臨廣
陵燭此久弊凋民瘼一以蘇連城沸歡謡征旆赴金闕

敷奏寛旰宵冐冠立霜臺白簡肅具僚病守困煩劇行當返漁樵祝子樹勲業努力希顛天

南谷學士以舟行詩意圖且以鄙作見徵倥偬之餘哦兹五言聊塞雅命

騶虞宅靈囿丹鳳鳴朝陽翩翩佳公子都俞輸巖廊游心萬物表林壑思徜徉汴水泛孤舟飄然適維揚淮水何舒舒淮山鬱蒼蒼雲山渺煙水萬古漁樵鄉遐觀一適意與世如相忘寄此無聲詩敝屣遺軒裳古來豪傑

人知微復知章隱顯固殊途時行亦時藏顧言崇懿德
焜燿垂耿光雝雝朝陽桐永著文明祥

七言古詩

歸去來圖

淵明雅放真高賢遠與園綺相後先紛紛季世儘塵坌
胸次獨有羲皇天俶裝聊試彭澤紱拂衣旋復歸田園
人生出處自有道督郵屈見特寓言山陽虛位時迍邅
阿瞞功立九鼎遷乾坤一變義熙後憂心涕泗如長川

舉杯遥酹魯連子幾欲同蹈東海壖東籬把酒泛秋菊
南山相對心悠然清風凛凛映千古丹青有筆誰能傳
臨風撫卷三嘆息晴窻三復歸來篇

明妃曲

巫山處子入漢宫漢宫桃李無纖穠豐容靚飾照宫闕
秋波過立玉芙蓉天子深居初未知更堪宫女妬蛾眉
黄金爭賂毛延壽丹青竟誤真妍媸一朝遠嫁難復留
空使君王誅畫史天心惻惻難食言重感君恩為君死

塞雲漫漫塞草黃羌笛一曲助悲涼回頭遥望漢宫月照影依依還自傷妾生不及鴈隨陽煢煢終老天一方琵琶聊寫思歸意傳與中州能斷腸南北寢兵心自足託身異域寧辭辱君不見烏孫公主漢懿親西風萬里歌黃鵠

秋日旅感

絲絲寒雨霏空碧一片清愁宛如織候蟲抱恨復啾唧萬里覊人嘆行役雌蜺千丈横晴秋須臾倒影吞江流

葛衫無奈風颼颼坐見瞋色來高樓北平飛將老不侯一言悟主田千秋明發往問滄江鷗咄哉癡計良悠悠

借書

公擇藏書五老峯貽謀燕翼垂無窮眉山仙伯紀盛事至今千載流清風雲孫磊落殊逸羣文雅彷彿如前人牙籤插架三萬軸天祿石渠不足吞我生粗有劬學志歲華荏苒嗟無似有願須讀未見書慚非海内無雙士知君好事絶等倫友朋就假寧憚勤異篇隱帙倘垂示

微辭妙理當同聞

遊張氏別墅

良辰媚景春為工遊人歡賞意正濃尋芳載酒適郊野紛紜羅綺誇昌丰太平勝觀有如此人和物盛時屢豐惜哉竟隨塵土網醉夢顛倒如盲聾小園跬步有佳趣深靜頗與人心同芟除榛棘樹蘭蕙剪伐樗櫟植椅桐依依烟柳方青葱黃鸝紫燕鳴其中芬芳桃李爛雲錦含姿弄色爭纖穠梨花娟娟如靜女數株晴雪朱欄東

蕭然玉立事閒潔不逐羣卉驚鉛紅我來對景有餘樂
幽興直與春融融舉盃自獻復自壽一笑豁此生平胷
東君自喜有佳客烏為歌舞花為容太行為我亦改觀
眉宇翠色浮晴空眼中千年沂上翁鏗然舍瑟意無窮
更當招攜二三子時時同詠舞雩風

送段明府雄飛

美人奕奕瑚璉姿覃懷小邑聊紆組惠風善政撫疲癃
奮髯嚼齒摧強禦操刀治劇有餘裕四境熈熈皆樂土

士元固非百里才為治不妨希卓魯公餘不逐歌舞場
深居玩意詩書府紛紜能吏治筐篋邂逅眼中見此父
顧我自為樗散材感君忘年謬收數百年定交心莫移
一言告别遽如許居民揮涕懷惠愛我亦悽然誰晤語
君材昂昂汗血駒朝發幽燕暮吳楚當今臺閣政推賢
看子軒然黄鵠舉

凝雲石為省郎張希孟賦

孤雲屯此三日霖幻作拳石亦奇絶天風吹墮几案間

紺玉巖巖聳高潔連娟衡霍真面目空明皃繹古巖穴
浮嵐暎翠弄霏微疊峰層巒出毫末張君歷下飽看山
猶說愛山深入骨凝雲此日落君手屋宇藏山更清徹
晴窻沈水娃玲瓏山出白雲足怡悅只愁翠潤濕衣巾
不用登臨勤履襪燕公夙稱大手筆得意江山助奇崛
竭來刮目閱新作炳炳琅琅更超越會當携酒就君飲
徙倚巖石散黄髮爽氣坐我冰壺中始覺人間無六月

捕蝗嘆

田家愛苗如愛身朝鋤夕壅屯蒼雲那知螟蝨作妖孽
雄吞恣食何紛紛田間西望無邊垠老農蹙額心如焚
飛文令亟報郡守掃除撲擊連朝昏桑林駭駭伐鼛鼓
萬指奔趨赫如怒火雲烜赫日方炎禦災捍患寧辭苦
夜深然火更焚瘞恐入隣州羅罪罟蝗蟲未盡苗已空
婦子哀哀淚如雨九重睿哲燭幽遠廟堂至計寬邦本
詔書已復田租半賑之行看倒倉囷貧民小忍勿逃亡
眼中樂土知何鄉皇家盛德惠黎庶能令饑饉為豐穰

欽定四庫全書

文忠集卷三　　元　王結　撰

五言律詩

東村道中

羸馬東村路遨遊此日閒寒風初凛冽秋菊尚斕斑古道橫清溜平林出遠山茅茨誰氏隱瀟洒水雲間

七言律詩

次胡安常望京亭韻

倚天雙劒勢崔嵬力盡神丁路始開冀北河山壯京輦
雲間宮闕聳蓬萊舟車萬里通殊俗草樹千年鎖廢臺
欲向終南卜佳處赤城人老憶天台

復次前韻

少年胸次謾崔嵬握手為君一笑開之子今猶困鹽虀
蹇余端合隱蒿萊燕山落落圜新邑易水迢迢映故臺
雲外少微黃一點含輝如欲避中台

登高陽臺二首

蓬萊仙子好樓居縹緲危簷接太虚千古江山幾分合
百年登眺獨躊躇波摇返照金溶漾天抹餘霞綺卷舒
萬里長空浩歌發晚山微露碧芙蕖
初擬登臨快野情百年興廢寸心生河山形勝無今古
藩屏人材繫重輕金宋承平見文物趙燕風氣盛豪英
遺臺故壘今如此慘淡經營晝不成
清明諸君邀登高陽臺
欝欝愁腸日九迴出門搔首獨徘徊偶因諸彦閒相過

聊喜孤懷得好開乘興尋詩同信步升高望遠強登臺

賞心會向疇佳節只欠春風酒一杯

和墳字韻呈雲齋先生

才名藉藉動簪紳雄筆盤盤覩典墳盛世政當求舊德

北山無用勒移文大名遠播詩千首草聖初傳酒半醺

令代風騷足良將定應推子冠三軍

翰墨林中老斵輪高詞真見嬈皇墳忘年喜遇孔北海

碩學還隨鄭廣文綠鬓方瞳身正健白鬚紅頰酒微醺

折衝樽俎須吾子堂上奇兵勝六軍

再和前韻

太古淳風昔未聞唯存二典失三墳潛心明德新民學
玩意經天緯地文排闥詩成時染翰澆書酒美漸為醺
憐渠未得吾真樂肎次紛紛戰兩軍

偶成

自笑山林麋鹿姿世緣驅迫到京師金張有籍通青瑣
嚴鄭無階上赤墀擾擾紛紛亦良苦熙熙攘攘竟何之

野鷗未是樊籠物夜夜江湖入夢思

青雲冠蓋滿皇州黄閣烏臺據上游時事糾紛空嘆息

賞音寥闊愧淹留公車辟椽求三語逆旅哦詩擬四愁

翁媪倚門心正切春風萩水去來休

次元復初韻

鸞馭翩翩隔紫霄百年清晤負良霄塵埃此日徒爲擾

豪爽從令恐漸消蟻穴自知天欲雨桑田誰信海生潮

車如流水龍如馬惟有元君共寂寥

紛紛蜂蝶殢芳叢夢裏繁華一瞬空綠樹陰陰鳩喚雨閒庭悄悄絮隨風雲深蓬島人難覓水遶天台路不通惆悵壯懷空潦倒強尋詩句策奇功

再次叢字韻

小山碕礒桂成叢遶屋清泉湛若空鐵笛静吹千古月蘭舟獨釣一絲風京塵漠漠衣空染天路遥遥信未通野鶴孤雲應笑我幾年能了濟時功

次韻二首

静掩柴荆聽雨聲孤懷偏觸故鄉情蠨蛸結網從紛擾
蟋蟀亂鳴如忿爭興國飄零憐客子清時潦倒笑儒生
百年勲業唯青簡朝鏡蒼髯白幾莖
夜窓梧竹戰秋聲茅屋青燈萬古情眼底鷄蟲誰得失
角端蠻觸幾紛争安車當日迎枚叟前席何年問賈生
應笑腐儒憂治世丹心一寸雪千莖

次韻荅趙景賢

青雲冠盖滿皇州黄閣烏臺據上游萍梗嗟余無定著

金蘭惟子尚綢繆身居江海三千里夢落烟霄十二樓
莫道東山是黃槁為君談笑障橫流

次韻奉荅伯生學士閑閑宗師

珪璧陶匏薦帝郊黃流玉瓚縮菁茅日升暘谷神人悦
星拱天樞上下交毓德經帷瞻内相禮賢易肉繼中庖
鷦鷯詎有冲霄翼容我踈材返舊巢
歡娛菽水曠晨昏接武鵷聯荷異恩自愧塵纓汙鳳沼
定知雲水嘆犧尊文章閣老推高雅德宇仙翁儼粹温

授我環中千古意共探月窟躡天根

次馬伯庸少監贈經筵官虞司業詩韻

簪紳星聚掖垣西芸簡含光動列奎日上嵎夷鳴綵鳳春生靈囿育斑麛寬仁自弭棻林異濬哲誰云大麓迷佔畢小臣叨進讀涓埃無補愧栖栖伯庸内翰繼學中郎唱酬河字韻詩往返數次愈出愈奇然兩軍相薄短兵相接鏖戰爭勝未遑退舍魯仲連之徒聞之故特射一矢以解其紛

贈趙景賢

五年隨侍客東州傾盖憐君若舊遊别後音徽怨離索

歸來情意益綢繆虛名自愧陳驚座佳句人傳趙倚樓
莫笑貧交淡於水詩筒來往亦風流

景賢守村庠以詩寄之

游仕歸來只舊貧蛙池清淺困修鱗公車未草三千牘
童子聊陪六七人鳳閣鸞臺元有命雞棲豚穽暫為隣
青燈夜半彈長鋏慷慨悲歌氣益振

寄上劉時齋先生

悠悠軒冕各忘情萬里乾坤一草亭明月清風無盡藏

聖經賢傳有餘馨花畦蔬圃觀生意詩筆文章寫性靈
何日雍容陪杖屨揚休山立静儀型

寄李茂實

伯季聯翩藝且賢洞山衣鉢得真傳思君屢賦停雲詠
求友重吟伐木篇忍見飢鴟爭腐鼠更憐羣蟻慕餘羶
丹山有鳥常孤苦一望朝陽一惘然

偶感

崑崙積石導洪河銀漢曾通萬里槎自厭簪裳汙臺閣

政宜樵牧傍陵阿鳳麟呈瑞吾何與珠璧聯輝世豈多玉署薇垣奏風雅空拳深愧敵操戈

贈臻上人

十年晏坐自安心澄寂那容世慮侵濯濯青蓮照寒水巖巖古栢冠叢林君言淨國身差樂我悟吾門道更深陶令不依香火社遠公有酒且同斟

洛水

洛水閟山道有傳積陰驚見日中天聖經賢傳無餘蘊

太極先天令始全勉勉孶孶吾自力熈熈攘攘更堪憐

月明午夜清如水拂拭瑶琴理斷絃

明月泉

石泉噴薄湧氷輪照暎空山萬古新百尺玉壺清徹底

千年寶鑑瑩無塵寒波不種扶疎桂圓折應涵徑寸珍

便好結茅臨水住汙樽抔飲樂天真

杜和卿八十詩

壯歳文場早策功丘園棲息播高風三生夢落塵紛表

八秩身游壽域中欝欝大椿常閱世亭亭芳桂漸淩空
長懷清淨安民旨更欲從容問蓋公

聞王景初訃音

凾丈從容夙所思盈盈一水阻光儀道山忽已摧瓊樹
魯縣無由識紫芝未展長材輔平世唯餘雄筆冠當時
中州豪傑頻凋喪重為斯文出涕洟

椰瓢

注尾傾銀窨世緣那知椰實得天全漿如瓊液醺人醉

形若匏樽比石堅陋巷大賢應未見青州從事許忘年

橫挑徑入無何有夢見糟床酒澗泉

七言絶句

輥塵馬圖

千里霜蹄碨礧駿西風沙苑草連空陸梁展放一驤首

誰見天機滅沒中

次袁郎中韻

折得含桃雨後花自憐白髮照烏紗陌頭楊柳撩春思

掩映茅亭賣酒家

贈中州高士

霧鬣風騣冀北羣騰驤川谷爛如雲憑君一顧千金駿

電逝飆馳要策勛

萬花園次韻

煩襟鬱鬱頓能開珍重皇華使者來廢圃登臨有高興

新詩壞壁寫浮埃

使星光動碧雲開春意都隨鳳詔來玉樹瓊枝慰飢渴

氷壺秋月絶纖埃

壬子元日

大人衣繡使遐荒 獨舉椒杯憶故鄉 仰祝慈闈共眉壽
朱顔黄髪樂倡徉

東城春早

年年桃李恨春遲 傅白施朱恐後時 文杏東城守枯槁
韶光先到向陽枝

氷河水燈

碧波千炬照魚龍上下熒熒燭影紅寄語春宵遊賞客
長明須藉緝熙功

戍樓殘照

萬里河山百戰場愁來無處問興亡明時混一兵戈息
古戍荒原空夕陽

雪江獨釣

羣玉山高湛碧江輕絲小艇釣寒淙那知萬騎文城路
夜剪鯨鯢奠蔡邦

廣陵程公通甫卜居騎鶴樓之右扁其齋曰鶴西持卷求詩於予廼賦二絕句以塞命通甫昔掾集賢予方繼入為直學士相得歡甚後予假守此邦君亦得告家居相見歡若平生故終篇畧及此意也

風臺月觀古揚州騎鶴南來亦漫游羨殺鶴樓西畔客草堂清絶俯邗溝

持橐西清笑語同五雲雙闕護蒼龍秋風鶴背重歡會

一洗塵埃芥蔕胷

松竹梅圖

蒼髯如戟歲寒姿持節龍孫此一時凛洌冰霜盎春意東風昨夜到南枝

題鄭資山横槊集

醉翁野鶴共飄然舒嘯崐丘小有天老手揮戈聊袖却一襟清氣潤遺編

朔風倒捲浙江潮青蓋呈祥王氣銷玉帳談兵十年夢

乾坤清景入詩瓢資山宗故將校卜築於揚之蜀岡號曰小有天扁其齋曰舒嘯其集中有醉中引鶴詩云

寄南臺治書曹士開

滹水悠悠遶郡城百年遺愛換澄清料應江表金陵月
衹似東垣午夜明

鳳凰臺古碧梧凋建業江山久寂寥忽見朝陽五色羽
舜廷何用奏簫韶

特書新起大農丞輝暎江天執法星吳楚幾人分憲節

環瞻二老共儀刑執法謂趙敬甫中丞也

心賞神交我與君燕鴻越燕怨離羣暖風晴日登臨處
目斷江東一片雲

偶題

民彝物則自天全秦火炎空詎可燃妙理生生誰會得
鳶飛魚躍塞坤乾

聖心原委寓遺經先達重陳炳日星暇食安居了無事
明窓棐几靜儀刑

道匪虛無大路然周程授受有心傳可憐弄筆操觚者
抵死區區幾百年
山静泉清全道體草生木長騐人心導消護蘗兢兢意
何日清江暎茂林
琳宫盆沼貯清泠七澤三湘照眼明並蔕芙蕖藏艷冶
露盤雙玉共金莖
露盤雙玉共金莖吸露仙人上碧宾手把雙荷一揮灑
羣生醉夢豁然醒

絕句

來時梅蕚衝寒破歸去戎葵向日開千古江山儼如畫

不堪荒草沒燕臺

詩餘

雨中客至 蝶戀花

人客幽燕懷故里野鶴孤雲咲我京塵底鄭重佳賓勞

玉趾清談亹亹消愁思　細雨斜風聊爾耳病怯輕寒

莫捲踈簾起燕燕于飛應有喜泥融香逕營新壘

次韻答曹子貞　臨江仙

寄語蓬萊山下客飄然俯瞰塵寰寥寥神境倚高寒步虚仙語妙淩霧珮聲閒　笑我年來渾潦倒多情風月相關臨流結屋兩三間虚弦驚落鴈倚杖看青山

秋日旅懷　南鄉子

秋氣入簾櫳矮榻虚軒睡思濃夢覺黄粱初未熟相逢都在邯鄲逆旅中　擾擾政愁儂雨霽西山翠幾重更上層樓閒徙倚晴空目送冥飛萬里鴻

送俞時　水調歌頭

五采識中散野鶴自昂藏螢窻雪屋十載南國秀孤芳河漢冐中九策君嘗以用人九策干中書風雨筆頭千字畫省姓名香文采黑頭椽輝映漢星郎　怕山間猿鶴怨理歸艎人生幾度歡聚且莫訴離腸休戀江湖風月忘却雲霄閶闔鵷鵠本高翔笑我漫浪者丘壑可倡徉

送李公敏　木蘭花慢

渺平蕪千里烟樹遠澹斜暉政秋色橫空西風浩蕩一

鴈南飛長安兩年行客更登山臨水送將歸可奈離懷
慘慘還令遠思依依　當年寥廓與君期塵滿芰荷衣
把千古高情傳將瑤瑟付與湘妃栽培海隅桃李洗蠻
烟瘴雨布春輝鸂鶒洲前夜月醉來傾寫珠璣

送趙致堂　江城子

嫩黃初上遠林端餞征鞍駐江干滿袖春風喬木舊衣
冠怎麼禁持離別恨傾濁酒助清歡　夫君家世幾鵷
鸞珥貂蟬侍金鑾筦庫而今誰著屈微官鵬翼垂天聊

稅駕摶九萬看他年

詠鶴 滿江紅

華表歸來猶記得舊時城郭還自嘆昂藏野態幾番前
却飲露豈能令我病窺魚政自妨人樂被天風吹夢落
樊籠情懷惡 緱嶺事青田約空悵望成離索但元裳
縞袂宛然如昨何日重逢王子晉玉笙悽斷歸寥廓儘
儂家丹鳳入雲中巢阿閣

秋日旅懷 摸魚兒

快秋風颯然來此可能銷盡殘暑辭巢燕子呢喃語喚
起滿懷離苦來又去定笑我兩年京洛長羇旅此時愁
緒更門掩蒼苔黃昏人靜閒聽打牕雨　英雄事謾說
聞雞起舞幽懷感念今古金張七葉貂蟬貴寂寞子雲
誰數癡絶處又劃地欲搽朱墨趨官府瑤琴獨撫惟流
水高山遺音三歎猶冀賞心遇

憶故人　沁園春

蓋世英雄谷口躬耕商山採芝甚野情自愛山林枯槁

臞儒那有廊廟英姿落魄狂游故人不見藹藹停雲酒一卮青山外渺無窮烟水兩地相思　灤京著個分司是鳴鳳朝陽此一時想朝行鷺避豸冠繡服都人爭看玉樹瓊枝燕寢凝香江湖載酒誰識三生杜牧之凝情處望龍沙萬里暮雨絲絲

次范君鐸詔後喜雨韻 賀新郎

露下天如洗政新晴明河如練月華如水獨據匡床秋夜永耿耿佳人千里空悵望丰容旖旎萬斛清愁縈懷

抱更蕭蕭蘋末西風起聊遣興吐清氣　鳳銜丹詔從天至仰天衢前星炳燿私情還喜鴻鵠高飛横四海何藉區區圜綺綰武昇平文治自笑飄零成底事裂荷衣骯髒塵埃地逢大慶且沉醉

贈張子昭　前調

久作林泉主更忘機結盟鷗鷺逍遥容與蕙帳當年誰喚起黄鵠軒然高舉渺萬里雲霄何許鶴爽憐君今猶在正悲歌夜半鷄鳴舞嗟若輩豈予伍　華如桃李傾

城女悵靈奇芳心未會媒勞恩阻夢裡神遊湘江上竟覔重華無處誰為倩湘娥傳語我相君非終窮者看他年麟閣丹青汝聊痛飲緩愁苦

又予昭見和再用韻 前調

挾策干明主望天門九重幽夐周旋誰與斗酒新豐當日事萬里風雲掀舉嘆碌碌因人如許昨日山中書來報道烏能歌曲花能舞行邁遠共誰伍　臨風撫掌癡兒女問人生幾多恩怨肝腸深阻腐鼠飢鳶徒勞嚇回

首鵷雛何處記千古南華妙語夜鶴朝猿煩寄謝抗塵容俗態多慚汝應笑我謾勞苦

贈李公敏　蝶戀花

老鶴軒軒心萬里却被天風吹入樊籠裏野態昂藏猶可喜九皐霄唳流清泚　宿鷺窺魚癡計耳整整丰標謾說佳公子月白風清天似水青田回首生愁思

欽定四庫全書

文忠集卷四　　　　元　王結　撰

雜文

上中書宰相八事書

中書相府下執事某聞天生民而立之司牧内設公卿外置藩屏蓋將撫循教訓其民人勉其不逮而養其無告俾各奠其生各遂其性非但以崇高之位美食安坐富貴娛樂之也故長縣者憂一縣守郡者憂一郡居輔

相者憂天下亦非有所勉強而為之葢皆全其性分之所固有行其職分之所當為故耳葢聞相府諸公留意經綸勵精政治未明視事日昃不遑暇日憂勤之心可謂至矣以非常之人據可致之勢又有憂天下之心茍能循其本而行之則政可成民可安古之賢相可企及矣葢經世之道有本有末得其本則綱舉目張用力不勞而天下治失其本雖竭精疲思用力愈勞而天下亂經世之道其本者人材是也古之君子不動聲色雍容

於廟堂之上而天下治安者豈有他術哉亦惟興舉俊傑共宅天位使賢者訏謀於上能者任使於下漸之以道德摩之以仁義弼之以政刑如斯而已耳後世能盡其道則大治或用其偏則小治周漢以還其理亂隆替之迹可按而考也故曰人存政舉人亡政息又曰得士者昌失士者亡國家自中統以來仰稽古昔建立省部百司遷轉世官求治之意鋭甚然而日復一日垂五十年雖宇内無事而治安之效終未大著者何也蓋不端

其本而正其末不澄其源而清其流雖法令紛更威刑嚴密以玆求治如北轅適越愈鶩而愈遠矣因循廢弛至於今日風俗未淳法制未備清濁無辨能否混淆官壅於上民困於下饑饉荐臻災異數見朝廷開悟故進退大臣更新庶務曁擢進二三老臣參預大政甚盛舉也將期丕平比隆粹古端本澄源政在今日必當廣求俊賢昭布庶位自兩府大臣曁臺察六部稍皆得人然後擇其通經術達治體識時務尤所謂傑然者聚精會

神都俞吁咈於廟堂之上講求古人良法美意損之益之與時宜之建為一代之制大其規模密其文理法制既定循序而行之變之以漸行之以確持之以久不責近效小利以為三十年之規然後治功可成太平可致百年晏安之弊可革也蓋歷代之政久皆有弊唯聖君賢相為能變而通之以為長久之道然創法立制至難事也在大臣啟沃君心灼知必如是行之然後可以振綱紀得民心宗社靈長萬姓蒙福則不恤浮言不貳小

人法制可立也謹約前代之制可以濟當今之務者臚列條陳於左狂瞽之言相府擇焉可也

一曰立經筵以養君德傳曰君仁莫不仁君義莫不義一正君而國定矣故為政之本在於正君而正君之道貴於養德而所以養德者當用有道之士傅導之也仰稽前代開設經筵妙選真儒有道德者為講讀官以近侍貴臣崇儒樂善者為之長萬幾餘暇俾經筵官講明聖經從容啟迪以資聽覽日就月將緝熙光明篤信而

力行之則正心之理修身之則治國之道用賢之方無不盡善而民情物理稼穡艱難備見纖曲故開益聰明變化氣質薰陶德性莫此為至先儒所謂正心以正朝廷正朝廷以正百官正百官以正萬民是也

二曰行仁政以結民心三代以仁義化天下秦隋以威刑制天下秦隋之政令行禁止天下之人畏懼公上而無親順愛戴之心故人情易離國祚不永也有國者當仰法三代興行仁政所謂仁政者其本則愛與公也愛

則民心順公則民心服既順且服則上下交孚而為治有地矣其事則制恒産薄賦歛厚之而不困順刑獄戢兵戈生之而不傷擢良吏去貪殘馴之而不害省營繕減徭役節其力而不盡順其所欲去其所惡則天下之人歡忻逸豫尊君親上愛戴無已如赤子之慕慈母豈有強梗不順之心哉古之人所以鞏固丕基建長久之業而無一旦土崩之患者用此道也

三曰育英材以備貢舉今學校遍天下教官寒銓曹然

徒文具而無其實以此求人材成風俗美猶繫風捕影不可得也願命内外儒臣各舉經明行脩之人擇其尤者以為大學之師次以分教天下之學以官民子弟之俊秀者以為生徒專治經術屏棄隋唐以來科舉之業約周漢養士取士之制教之以孝弟忠信禮義廉恥格物致知修己治人之道修己以三綱五常為主治人以經世綜物為事待其有成獻其賢者能者於朝朝廷選用以有德行曉達治道為主或問以所治之經或諮以

經世之務其文辭學西漢策論可也學校之規養士之具生徒之員考試之法入流之數更請考古人良法參酌施用所貴教以經濟之業取以經濟之才庶幾他日有通儒實材可備大用國朝貴族及諸國人亦令入學講求修己治人之道知所謂稽古愛民者則亦可以從政矣省部寺監掾史出身入流之法更按前代典故詳議更張處置施行

四曰擇守令以正銓選郡守縣令朝廷所賴以共理天

下者今漫無遴選汎然進用貪殘無狀者有之庸愚無知者有之三年之間僥幸無事給由到部則爲慎行止無過犯之人資考及格復得遷用矣以此望民安政成亦難矣哉願朝廷慎遴選之方立考課之法行黜陟之典明保任之道宰執選府尹臺官侍從儒臣六部長貳廉訪長貳各舉知州一人縣尹一人各道僉憲各路總管知州各舉縣尹一人得前件所舉之人銓曹提其綱要加察詳焉舉主多者先次差除後日所舉一人如贓

濫敗政者舉主坐之餘州縣官無人保任者雖資考滿格且只陞遷散官止於佐貳官內任用辟舉知州縣尹任迴民安事理果著實績廉潔才能又有舉者當加等陞擢旌別賢俊以破資格賢否同流之弊庶幾得人為國家愛養百姓寬賦斂均徭役俾各獲安寧遂其生此言亦粗舉大畧而已其節目之詳相府熟議可也

五曰敬賢士以勵名節古之仕者上自宰相下及丞尉雖貴賤有殊然皆王臣也故其所以相敬相下各有禮

節令之士者昧於此義上之於下頤指氣使詬辱怒罵不以為過下之於上趨走奉承擎跽曲拳不以為恥此有志之士所以寧老於丘壑而不圖進用耳他日學校之政成黜陟之典立仕集者稍皆賢俊也請考前代典故定其上下相見之儀相接之禮等殺度數燦然詳明著之於令曉諭百官各宜遵守庶幾在位者崇禮讓勵名節廉恥道行風俗淳美矣

六曰革冗官以正職制先王法天地四時立六官之職

上下相承則政有紀統事無分裂唐三省六部二十四司葢其遺意今既建立省部矣有户部又有大司農司有禮部又有太常寺光禄寺侍儀司會同館有兵部又有通政院太僕寺尚乘寺又有伊克扎爾固齊有工部又有將作院武備寺少府監中尚監利用監各寺監長官資品視尚書有加焉如此則不相統屬政事紛裂虛費廪禄多設掾吏實為冗長之甚其餘職司之繁不能徧陳外路有行省又有宣慰司又有總管司不惟此耳

内自京師達州府長貳員數不勝繁多凡建官設司本為民庶今職司太繁員數太衆不唯治民徒為煩擾請參酌唐人遺制立二十四司以為六部統屬凡京朝職司合歸六部者皆併入二十四司以復古制之舊則上下相承政事有統紀而無分裂矣寺監之類唐宋雖或設置然先儒論其重復冗長當合併裁革者甚衆非區區鄙陋之私言也國家幅員之廣前古莫及方面要會既建立行省如福建兩廣四川控制溪洞邊徼去處又

立宣慰司可也其餘路分宣慰司實為虛設又各州領數縣上屬省部又有總管府是亦古人所無又當省併者也在朝職司員數多者可詳考古制漸行釐革州府之官請依唐宋故事大畧不設總管府大都會處立為府其餘去處止置州軍各領數縣直隸省部令廉訪司官監治按察之領縣不多庶易為治府設監郡一員知府一員以為長通判一員以為貳州軍亦如之幕官設數員分治六房如司戶參軍司理參軍之類是也幕僚

多而長貳少幕僚分掌事務商搉可否長官提其綱而處決之則政出於一有統紀倫序事可集而民可安矣不至如今日官多而不一事繁而不簡之甚也

七曰辨章程以定民志古者上自公卿下及民庶其冠婚喪祭之儀第舍車輿之制衣服器用之法各有等差莫敢踰僭故民各安其分而財用易給今禮制不修風俗侈汰公卿大臣之家用不中節窮極奢靡以相矜誇富商大賈爭相倣效莫知紀極金珠熒煌錦繡炫爛豈

止乘堅策肥履絲曳縞者或美惡不分貴賤無別既無厲禁有財即為民無恒心日趨於利姦偽百端求厭其欲廉恥道喪風俗日薄此政爭亂之道也今宜增損古制定為章程公卿四民各有品節越禮僭上官有常刑如此則貴賤差別奢儉得中民志有定而莫敢覬覦人情漸歸於忠厚而爭亂消弭於未萌矣

八曰務農桑以厚民生今疆宇至廣生齒日繁然物益貴民益困衣食日蹙轉徙日多不幸凶年饑殍滿路原

其所由蓋耕者少而食者多公私各無儲畜上下奢侈用度不節故也救之之術當毆游惰歸之南畝優重農民勿令擾害州縣官有勸農之名無勸農之實文移堆積上下相蒙令宜慎選良吏準酌農書歲課種樹責其成效不為虛文行之久遠庶幾有益更考隋唐之法各路立常平倉官置本錢兼儲米粟布帛絲麻之類賤則加價而收之貴則下價而出之令廉訪司官提舉撿察糾其不如法者如此則雖水旱為災而物不騰貴矣國

家又當崇尚節儉賞與有節用度有經省營繕之役賤奇巧之服則穀帛可賤財用可豐饑饉可備民生厚而國力愈強矣

前件所陳皆當今急務非有甚高難行之事然政有更張事有改作庸人不便於已私者必以為生事而變亂舊章矣其因循苟簡之人反以為目前無效迂遠而闊於事情不若仍舊之為愈也此等之言皆似是而非各為身謀非國計也相府奕葉勲舊國之世臣又皆同心

一德復有老臣以輔賛之創法立制出於天理合於人情沛然孰能禦之哉制既備則上有道揆下有法守治功可期天下蒙福而相府之名上配房魏姚宋亦昭垂於無窮也此根本之論似緩而實急似疎而實密不知者以為此皆人之所共知而老生之常談也然自古聖賢言治道者初無新竒可喜之論可以驚駭世俗之耳目雖以孟氏命世之才當七雄戰争之際其所以告齊梁之君不過墾田藝桑崇孝悌興庠序以不忍人之心

行不忍人之政而已果能遵此軌轍堅確而行之則日計雖不足而歲計有餘矣某也一介疏賤上書相府妄言政事不待賈而售不待問而告又似乎干名躁進之人然某以為古之君子處畎畝而不忘天下之憂得位則行其道不得位則修其辭言行道亦行也况正人柄用衆賢彚進上將以酬聖賢求治之意下將以塞百姓思治之心必當兼收並觀採羣言而折其衷制為宏規遠圖以創業垂後此千載一時也故某果於自信非干

名也非躁進也竊取古人處畎畝不忘天下之義是以冒昧法義罄竭愚誠慨然一言焉惟大人君子諒其草茅惓惓忠愛之心不斥其愚而省其一得之見儻有可採伏請相府敷奏而行之以裨新政之萬一則幸甚幸甚干瀆台嚴伏地待罪不勝戰慄惶怖之至

書松廳紀事畧

皇元紹運開一函夏爰自中統之初稽古建官庸正百度一時碩儒元老屹然立朝文獻彬彬莫可及也獨貢

士之制未遑舉行厥後臺閣之位率取敏鋭材幹練達時事者居之其効官舉職治繁理劇固不乏人而格君經世蹈道迪徳者盖未多見也嗚呼豈天之産材隆於前而殺於後哉亦勢使然爾仁皇龍飛勵精圖治復尊用儒臣以風厲天下繼詔郡國賓興經明行修之士天子親策於廷而擢其俊秀焉於是文風丕變得人為多若吾友馬君伯庸尤所謂傑出者也釋褐應奉翰林明年擢六察官遂糾劾權姦薦揚儒雅凡治道根柢生民

利病莫不究其藴而槩論之竟以觸忤貴倖居位十三月而罷乃輯其論事之書名曰松廳紀事畧余以友義之篤得竊觀焉然伯庸之文章簡潔精密足以鳴一世而服羣彥余固未暇論也余獨三復此書而慨然歎息者蓋由此可以仰窺仁皇崇儒之盛德用儒之實效中統文獻漸可復致而吾伯庸學與年進蹈道而迪德它日踐揚臺閣其格君之業經世之材必有大可觀者矣

高陽臺記

河間故宋為高陽關其境與遼相接精甲豪將資糧屯戍於此而管内都邑不啻數十東逾於海西及於山南至深冀北抵於白溝畫而守之地大以要故常選用重人以教以戰茲固城池之完高深堅廣他鎮莫能與等即城中東北有高陽臺乃為政者觀遊之所也其崇倍差於城而閎廓壯大髣髴乎峰巖之形焉其上為堂為樓以燕以息更衣膳饔莫不畢具長人者蒞政之隙率邦之士夫僚吏燕飲鄉射焉非徒為觀美也柳子曰氣

煩則慮亂視壅則志滯君子必有游息之物高明之具使之清寧平夷恒若有餘然後理達而事成又所以宣上意通下情秩燕毛之序講獻酬之禮一張一弛之道也大兵之後風摧雨剥日往月来若樓若觀皆隳於烟埃沒於渺茫矣惟見老屋三間支撑傾倒而臺巋然獨存予暇日嘗登覽焉雨霽風止烟靄澄淨遠眎西山修眉了髻隱隱可數而城郭萬家沃野千里與夫岡陵谿谷平原聚落突然窪然遠與天際遊人行客樵歌牧唱

前行後隨隱見遞出皆寓夫眺望之内而無所遺焉然世之名觀游者多在於高山之顛窮澗之濵跋履崎嶇登陟險阻非無事者莫能至而此臺連城邑挾市井朝登暮眺往返不勞而高明爽塏絶埃壒脱塵囂豁如曠如恍然若高山絶頂之表醒心快目賦詩把酒無適而不宜者予於此樂焉故表而出之以告夫後之遊者

復齋記

昔者夫子講道洙泗微辭奥義罔不詳備而其要曰求

仁求仁之方夫子所以告諸子者亦云多矣而其要曰克已復禮蓋人受天地之中以生所謂性也性之為體純粹至善萬理具備而仁義禮智則其綱維然仁者天地生物之心盎然和粹流行通貫於四者之中亦猶春之生意周浹於四時也故禮者仁之節文義者仁之裁制智者仁之分别而仁則本心之全德也然人之生也其性固無不善氣則紛綸雜糅有清濁美惡之不齊是以耳目口體不無私欲之累見於視聽言動之間者一

皆違於禮而害夫仁焉苟無道以治之幾何其不至於人欲肆而天理滅哉故孔門教人以求仁為務而求仁之方則又以克己復禮為要也葢克己者微而念慮之間著而言為之際審察所謂人欲之私者力去決勝拔本塞源不使少有一毫之累而復禮云者循規蹈矩品節燦然從容浹洽深造於至極純全之域而止焉誠如是也則日用之間皆天理之流行而本心之德復全於我矣擴而充之又豈有一民之不被吾愛一物之不遂

其宜哉天理人欲雖為消長然克復之功不容偏廢若徒克己不知復禮則雖免徇物外馳之弊而亦無可居之地可即之安危殆杌隉而不能久也嗚呼此皆孔門傳授心法之要而顏子之所以幾於聖人者亦惟在於茲也其旨微矣然人亡世遠斯義久晦至程子朱子始發明其蘊奧而學者得聞其說顧真用力於是者未多見也某嘗與余講求是義而若志焉者其燕居之齋榜之曰復而又屬余記之以發其義余聞昔在上古聖聖

相彖曰極曰中心傳神授至孔子名之曰仁而顔子以
上智大賢之資亦從事於斯焉後之士以希賢自任而
學顔子之學者所宜服膺而勿失也吾子以是名齋而
自厲可謂知所往矣然孔子之告顔子唯以力行為言
而顔子即請其目皆不及夫致知者蓋顔子致知之功
平日已熟一聞師言天理人欲洞見真偽故直以為己
任而不疑也學者則當先其致知之功凡仁道體用之
全天理節文之密視聽言動之非禮所以害夫仁者皆

深思明辨使之縷析毫分明白昭晰而無所蔽焉則克復之功可得而施矣既有以致其知又有以踐其實涵養於未發之前省察於已發之際勉勉循循真積力久克之而至於盡去復之而至於純全蟬蛻人欲之私春融天理之妙則天地生物之心油然於胷中而睟面盎背自有不能已者為仁由已而由人乎哉吾子果能以是求之則未有不至焉者也故余承命不辭而備論其本末因附余所聞者如此使揭諸屋壁出入觀省而不

忘所有事焉庶乎目擊而道存之意也

知行說

士之為學蓋欲變化氣質涵養德性微言精義融會於心而措諸其躬一人之身具仁義禮智之性父子君臣夫婦昆弟朋友之倫至於視聽言動進退步趨其緒至多其理至密苟不先有以知其所以然未有能行其所當然者也故必毫析縷解識其性情之別體用之異區別其分之不同而會於理之至極如燭照數計明白曉

析洒然無疑然後能躬行實踐造於極致之地而無憾也知之明故行之力行之力則其知愈明矣體用相發不可偏廢一而二二而一者也然則知與行者豈非為學之要乎昔舜命禹曰人心惟危道心惟微惟精惟一允執厥中精者察人心道心之混淆致知之謂一者守本心之正而不使之離力行之謂允執厥中無過不及也夫舜禹天下之大聖授受之際猶以是為心法之傳則知行者固為學之要也然知吾知行吾行非强所不

可知責所不當行以吾心之明究可知之理物理既竭本心愈明則措諸其躬者始可得而言矣不以一知自止一行自畫窮力於學問思辨之際力行於顛沛造次之間使吾心之所具身之所接耳目之官手足之職無一理之或遺無一事之不當則氣質變化德性純粹蓋有不期然而然者矣其真為學之要也哉

惟一齋銘

惟昔有虞握符授禹精一執中爰勑兹語瑩然靈臺萬

物之基原氣原性曰危曰微操之伊何致其精一理盛
欲泯厥中允執神聖繼繼播此德言榘矱斯世於千萬
年士蒙未知利於養正矧茲有立邈哉希聖躐序以進
擿埴索塗升高自卑馴致是圖夭夭燕居惟一斯扁默
語存存羑墻則見鏡考往訓矢此銘詩俛焉進修愛莫
助之

樂齋銘

相古先民道尊德鉅匪有他術惟學是務其學伊何深

造自得怡然渙然會于其極如彼飲食既厭既飫如彼居室載燕載豫是曰樂學不息自強高明光大悠久無疆嗟余小子稟茲陋質式遵成規永矢勿失博學詳說切問近思夙夜匪懈亹亹孜孜集義主敬閑邪存誠動靜交養業業兢兢任重道遠念茲在茲有確其志有永其思升堂入室涵泳從容悠然自得天理昭融嗚呼小子克慎克戒作此銘詩以詔無怠

題李宗孟母壽詩後

博陵李輿宗孟以儒而寓於醫者也大德癸卯其母氏年登八秩名卿碩儒文而詩之宗孟顯親之意可謂厚矣至治壬戌余假守茲郡宗孟適有尚醫之名請余題詩以續諸賢之什余嘉宗孟年踰知命母殁而思之不衰令將待詔禁密行膺峻擢顯親之實必能遂其平昔之志故矢詩之亂謹致此意宗孟好學高識當以余言為不妄云

題杜和卿八十詩後

國子伴讀杜天翼順天屬邑鉅鹿人也其父和卿年登八秩朝之搢紳錫之歌詩序引俾歸以為乃翁壽以予承乏是邦故惟齋大集賢善之司業伯生國博皆猥以見及天翼仍致伯生之命以鄙語為請乃作唐詩一章竊附朝賢盛製之後以致區區尚賢敬老之意又以答吾故人別後垂憶之厚云

文忠集卷五

元　王結　撰

雜著

與臨川吳先生問答

問曰泰定初年陪侍函丈曾聞先生論中庸未發之旨大槩以為常人失於存養雖燕居獨處未嘗有未發之時至於夢寐之間亦皆已發也君試用功體驗自見其義仍云此與朱子章句或問之說不同結當

時未能領會且以朱子靜而不知所以存之則天理昧而大本有所不立之言參考意謂與朱子之説不甚殊然存之於心未嘗舍置去歲歸休于家重復思繹似方略見涯涘謹按朱子曰衆人之心莫不有未發之時亦莫不有已發日用之間固有自然之機不假人力方其未發本自寂然其學者問云恐衆人於未發昏了否答曰這裏未有昏明須是還他未發若論原頭未發都一般衆人有未發時只是不會主靜

又曰程子諸説似皆以思慮未萌事物未至之時為喜怒哀樂之未發當此之時即是此心寂然不動之體而天命之性全體具焉又申解中和之義曰當其未發此心至虛如鏡之明如水之止則但當敬以存之不使少有偏倚竊詳朱子之意似為人之應事接物之著思索念慮之微者皆已發也事物未接思慮未萌即未發也故以動為已發靜為未發未發之時能敬以存之則大本之立日以固矣蓋朱子以上智

剛明之資濟之以窮理致知之學又素有持敬功夫殆如明道所謂質美者明得盡者歟所以念慮未萌便自寂然天命之性渾然在中非未發而何蓋以已之造理闡道自得之功章灼著明者發明經旨是以動爲已發靜爲未發兩者日用之間不假人力固有自然之機衆人之心莫不皆然老稚賢愚無所殊異但靜而未發之時無莊敬存養之功故天理昧而大本有所不立此文公釋經之大意也然衆人天命之

性全具于心固與聖人無異但蔽於氣稟誘於物欲邪思妄念雜然紛擾又不知涵養澄治之方雖燕居獨處不與物接又安能寂然不動如鏡如水若子思之所謂未發者哉反復尋繹似與先生之說不同蓋先生之意以為一心性情之德體用之全固皆完具但衆人不知盡心知性之學又無存心養性之功雖未及出門使民而燕閒潛默深居獨處其心之所生思慮意念膠擾紛糾一起一仆所謂淵淪天飛凝氷

焦火出入無時亦無定處者又豈能虛明靜一而有未發之時乎既不能存養於未發之前使吾之一心如明鏡止水雖性之德道之體尚皆完具亦且昏昧而大本有所不立矣此先生辨析精微之極深有益於學者妄意如此未知中否然先生之說與文公不同者蓋謂衆人之心特無未發耳其性情體用大綱大節之論則無不同今良心放逸念慮雜擾未嘗有未發之時幸聞命矣然欲用功存養於未發之前使

本心漸致於虛明靜一以復其止水明鏡之體以立於未發之域但其所從入之路用力之方存養之道未能曉會伏望先生精加剖析詳示訓誘雖於建立大本經綸大經不敢妄議亦庶幾心存理得不為君子之棄而小人之歸也抑又嘗聞洙泗伊洛教人之旨有所謂致知誠意居處恭毋不敬儼若思戒慎恐懼慎獨存心養性求其放心涵養須用敬入道莫如敬未有致知而不在敬者主一之謂敬無適之謂一

是皆可以為存養之方矣但庸鄙之人終未融貫如何而可致於未發之域又因先生之言反已體驗所患者事物未至之時意慮紛擾一念未已一念又生未嘗有思慮未萌澹然虛靜時節由此言之衆人無未發之時葢可見矣或者教以習為靜坐忘慮絶念如昔人用白黑豆澄治思慮者久之并白豆亦不復有斯亦善矣得無流於二氏槁木死灰心齋坐忘之學乎又朱子謂此只是箇死法若更加以窮理工夫

則去不正之思慮何難之有但拙者未能灑然於心是以卒無定見罔知適從而竊自悼其無進道之功也惟先生矜其庸愚而諒其恍惚終教之幸甚

答曰朱子靜而不知所以存之則天理昧而大本有所不立此言當矣但謹按朱子曰以下朱子之言間有未瑩者執事已自能知之令不復再言欲下實工夫惟敬之一字是要法然中庸先言戒愼所不睹恐懼所不聞而後言愼其獨此是順體用先後之序而言學者工夫

則當先於用處著力凡所應接皆當主於一心主於一則此心有主而闇室屋漏之處自無非僻使所行皆由乎天理如是積久無一事而不主一則應接之處心專無二能如此則事物未接之時把捉得住心能無適矣若先於動處不能養其性則於靜時豈能存其心也哉言不能詳即此推之循其先後之次而著功焉自見效驗至若平日讀書窮理又在此之先而皆以敬為之主也依小學書習敬身明倫之事以封培大學根基此又

在讀書窮理之先者

問曰周子曰太極動而生陽動極而靜靜而生陰陰極復動又曰聖人定之以中正仁義而主靜立人極焉圖說全書朱子解義備矣獨於動靜之義竊有說焉夫太極有體有用沖漠無眹聲臭泯然者其體也流行變化各正性命者其用也其體則靜而含動其用則動而有靜太極之理樞紐造化根柢品彚而泯無聲臭焉體之靜也陰陽五行變合化育而生生不

窮焉用之動也周子所謂寂然不動者誠也元亨誠之通利貞誠之復朱子所謂本然而未發者實理之體善應而不測者實理之用政此義也然神妙之動實出於本體之靜而用動之極自有專翕之靜故曰其體則靜而含動其用則動而有靜也但周子所謂動極而靜靜而生陰者乃用中之靜動之息耳雖具太極之本體而非冲漠無朕之靜矣葢陰陽動靜時位雖殊其為一氣之流行則一也且冲漠無朕而萬

象森然已具是舉本然之體而用之理在其中陰陽五行開闔變化而太極之妙無不在是即形器之中而理之體斯可見雖一源無間初無二致然體用動靜之大分則不可不別也周子以乾道變化各正性命為誠之立朱子以圖之右方陰靜與夫正也義也寂也為太極之體所以立亦非以流行之靜即為本然之體也葢太極之實理流行以賦於人者繼之者善陽之動也萬物各得受其所賦之理者成之者性

陰之靜也萬物既受其所賦之正則實理於是乎各為一物之主矣乃一物一太極也非誠斯立焉而何然萬物受其所賦之正而成之者乃陰靜也實理之具於心而為性者乃太極之體也道器之間區别精矣亦豈遽以陰陽為本然之體哉朱子以陰靜為太極之體所以立者亦誠斯立焉之義也周子所謂中正仁義者即五行之性皆太極之理具於人心而體用完具者也蓋寂然而未發無所偏倚者其體也隨

感而著見各有條理者陰陽五行變合化育實為天命流行之用以象類言之則中正仁義皆道之用也今朱子乃以正也義也為太極之體所以立者特以分屬陰陽為言耳且朱子以中也仁也為行發而見於外實太極之用所以行曰正曰義為裁處而主於内又以正為中之幹而義為仁之質乃誠之復而性之貞故以為太極之體所以立是亦有誠斯立焉之義其大要則以象類言之也且元亨利貞天道也仁

義中正人道也天人之際理則一而分則殊以象類所屬而言之則其理初無二致也以分言之則在天在人或有不同也何者天之元亨利貞由序而見亙古亙今不與易也中正仁義之在人隨感不以序而見先後終始各有所宜也豈可以正與義因隂陽之象類獨為太極之體所以立哉此以分殊之理言之也則四者同為道之用也亦可知矣若夫寂然不動者以天道言之乃太極之本然冲漠無朕之體以人

道言之乃未發之中道之體性之德也今亦以分屬陰陽之類而為太極之體所以立非惟與周子之言不合與朱子他說亦相矛盾也周子曰寂然不動者誠也又曰誠無為又曰誠者聖人之本朱子釋之曰本然而未發者實理之體實理自然何偽之有誠者至實而無妄之謂即太極也以此說比而觀之則寂然不動者乃太極之本然實理之本體亦不待辨而明矣夫誠者寂然不動道之體也中正仁義道之用

也然則周子之所謂主靜者何所指而云也蓋人之生也形成於陰而神發於陽太極之理各具於心而以為之性及其感物而動則善惡分而萬事出矣聖人教人使之居仁由義存心養性以復其太極本然之妙故定之以中正仁義之道而主於靜焉此所謂靜乃寂然不動之實理道之體而性之德也非以中之幹仁之質而為言也以天道論之則沖漠無朕之體太極本然之妙也亦非指夫用中之靜動之息者

為言耳是即子思所謂未發之中學者果能戒慎恐懼於不睹不聞之前養其寂然不動之體以為之主則大本立而達道行無聲無臭之妙復全於我矣或謂人事之有動靜實本於太極之動而陽靜而陰也今論主靜之義乃舍夫陰靜之云而不取乎為之質幹者何人事之不本於天道也且陰陽動靜一而已矣今以天命之流行為太極之動靜矣而又以無聲無臭者為本體之靜是太極之道動一而靜二恐非

周子之意也愚謂天人之理則一而分則殊前固已言之矣夫無聲無臭者太極之本然寂然而未發者實理之自然道之本體豈有二致哉故人事之動靜實本於天道葢一陰一陽者太極之動靜作止語默之事中正仁義之用人道之動靜未發之中已發之和尤動靜之大者作止語默中正仁義象陰陽之迭運未發已發乃體靜而用動主靜云者乃主乎寂然未發之體無聲無臭之妙果能此道矣則大本之所

以立達道之所由行中正仁義舉在是矣又豈泥於
流行之陰靜而指夫中之體仁之質而謂之靜哉周
子之言與子思未發之旨實相表裏雖詳畧不同其
揆一也夫靜非太極之本體也靜者所以形容其無
聲無臭之妙耳猶中非性也中所以狀性之德且無
極之云非靜而何又周子所謂靜無者亦指此本然
之體為言耳周子之言不言本體之靜令必言之者
蓋以主靜之義推之人道寂然未發之體即太極無

聲無臭之妙也陰陽之運動靜之機同一而已亦何嫌乎以静形容太極本然之體哉況以静名狀道體其來尚矣人生而静樂記之語也其本也生而静程叔子之論也是豈無所本而為言歟但動静之理以天道言之實天命之流行乃太極所乘之機所以生陰生陽者二氣交感五行順布則人物之衆性命之微天地鬼神之奥皆原於此故即此形器之中而太極之理在焉所以本體之静不假言也人之動静其

作止語默乃肖象之微者未足言也中正仁義實本於陰陽動靜天人之理脗合無間中也仁也陽之動也正也義也陰之靜也又以乾坤專一翕聚與夫性之貞誠之復而推之則正為中之幹義為仁之質也明矣今主靜之云不屬之此而乃主乎寂然不動之體無聲無臭之妙何哉葢周子之所謂中正仁義道之用也人道動靜實兼體用靜乃未發之中道之體也動乃已發之和道之用也此在天在人分殊之義

也但天道動靜主於太極流行之用然即用而體可見人道動靜主於體用兼備而理無乎不在則天人之理又未嘗不同也然則朱子所謂體立而後用有以行者亦當以寂然未發之體言之歟往歲溫繹舊聞偶見及此逮再入都門與一二朋友論之咸以動一靜二為疑惟伯生獨以為然終未經質正於先生鄙懷憒悱未敢自以為是然先儒有言理愈精微言易差失況寡陋之人乎此理義之大原學問之大端

伏惟先生精加剖析因風下教以開其愚蒙幸甚

答曰周子太極動而生陽靜而生陰之說讀者不可以辭害義葢太極無動靜動靜者氣機也氣機一動則太極亦動氣機一靜則太極亦靜故朱子釋太極圖曰太極之有動靜是天命之有流行也此是爲周子分解太極不當言動靜以天命之有流行故只得以動靜言也又曰太極者本然之妙也動靜者所乘之機也機猶弩牙弩弦乘此機如乘馬之乘機動則弦發機靜則弦不

發氣動則太極亦動氣静則太極亦静太極之乘此氣
猶弩弦之乘機也故曰動静者所乘之機謂其所乘之
氣機有動静而太極本然之妙無動静也然弩弦與弩
機却是兩物太極與此氣非有兩物只是主宰此氣者
便是非别有一物在氣中而主宰之也機字是借物為
喻不可以辭害意以冲漠無朕聲臭泯然為太極之體
以流行變化各正性命為太極之用此言有病葢太極
無體用之分其流行變化者皆氣機之闔闢有静時有

動時當其靜也太極在其中以其靜也因以為太極之
體及其動也太極亦在其中以其動也因以為太極之
用太極之沖漠無眹聲臭泯然者無時而不然不以動
靜而有間而亦何體用之分哉令以太極之根柢造化
者為體之靜陰陽五行變合化育者為用之動則不可
元亨誠之通者春生夏長之時陽之動也於此而見太
極之用焉利貞誠之復者秋收冬藏之時陰之靜也於
此而見太極之體焉此造化之動靜體用也至若朱子

所謂本然未發者實理之體善應而不測者實理之用此則就人身上言與造化之動靜體用又不同葢造化之運動極而靜靜極而動動靜互根歲歲有常萬古不易其動靜各有定時至若人心之或與物接或不與物接初無定時或動多而静少或静多而動少非如天地之動静有常度也朱子以繼之者善為陽之動成之者性為陰之静葢以造化對品彚而言就二者相對而言則天命之流行者不息而物性之禀受者一定似可分

動靜然專以命之流行屬陽之動性之稟受屬陰之靜則其言執滯不通益不可也未發之中為體已發之和為用難以造化之誠通誠復為比言之長也未易可盡姑以吾言推之至若謂非太極之本體也靜者所以形容其無聲無臭之妙此言大非動亦一靜亦一即無動一靜二之可疑蓋因誤以太極之本然者為靜陰陽之流行者為動故爾太極本無動靜體用也然言太極則該動用靜體在其中因陽之動而指其動中之理為太

極之用爾因陰之靜而指其靜中之理為太極之體爾
太極實無體用之分也

問曰朱文公論語或問云胡氏以社為祭地之禮曰
未可知也然其言則有據矣存而考之可也胡氏曰
古者祭地於社猶祀天於郊也故泰誓曰郊社不修
而周公祀於新邑亦先用二牛於郊後用太牢於社
也記曰天子將出類於上帝宜於社又曰郊所以明
天道社所以神地道周禮以禋祀昊天上帝以血祭

社稷而别無地示之位四圭有邸舞雲門以祀天兩圭有邸舞咸池以祀地而别無祭社之説則以郊對社可知矣後世既立社又立北郊失之矣謹按或問胡氏此説朱子雖以未可知也答之然亦謂其言有據矣但祀天於郊祭地於社非惟有所據依以理論之似合禮意但天子得祭天地郊社對舉固為達禮然三代之制曰國曰邑曰鄉皆得祭社若以社為祭地之禮是有國之君鄉邑之長俱得祭所分之地無

乃渉於僭越乎此可疑者一也且説者謂社者乃五土之神能生五穀者既以社為五土之主生育五穀之神雖舉大社之禮其能盡大地之體乎此可疑者二也北郊之禮論辨紛然竟未能定於一今以社為祭地則北郊聚訟之言何以弭之此可疑者三也況此乃典禮中一大條貫伏惟先生禮樂精深必素有定論切望詳為敷陳以示善誘非惟寡陋之幸天下學者之幸也

答曰冬至祀天於南郊之圜丘夏至祀地於北郊之方澤此二禮相對惟天子得行之天猶父也父尊而不親故冬至祀天之外孟春祈穀於郊亦於圜丘五時祀帝則於四郊亦惟天子得行也其他非時告天禮之重者則亦謂之郊禮之輕者則謂之類言非正郊也有類於郊祀焉爾然亦惟天子得行之蓋祀天之禮天子之外無敢僭之者地猶母也母親而不尊故惟北郊方澤一祭為至重其次則祭地於社北郊之祭天子所獨社之

祭天子之下皆得行之母親而不尊故也天子之社謂之王社諸侯之社謂之國社大夫士庶人之社謂之里社此皆正祭除正祭之外天子諸侯或因事告祭重者為社輕者但謂之宜言非正社之祭其禮與社祭蓋相稱焉爾胡氏因不信周禮但見他書皆以郊社對舉而言遂以為天子祭地亦只是社祭而已不知天子之尊所以異於諸侯者有方澤祭地之禮為至重而諸侯不得行也

問曰文公家禮士人祭及高祖其説原於伊川附註云或曰今人不祭高祖如何伊川先生曰高祖自有服不祭甚非某家却祭高祖又曰自天子至於庶人五服未嘗有異皆至高祖服既如是祭祀亦須如是晦庵先生曰考諸程子之言則以為高祖有服不可不祭雖七廟五廟亦止於高祖雖三廟一廟以至祭寢亦必及於高祖但有疏數之不同耳疑此最為得祭祀之本今以祭法考之雖未見祭必及高祖之文

然有月祭享嘗之别則古者祭祀以逺近為疏數亦可見矣家禮又言大夫有事省於其君干祫及其高祖此則可為立三廟而祭及髙祖之驗亦來教所疑私家合食之文因可見矣但干祫之制他未有可考耳愚謂先王制禮因於人情所以正名分而昭等殺夫人倫之至親者父子也泝流而上之曰祖曰曾曰髙親親之恩一也其服紀有輕重差等者以著其逺近之異耳且髙祖之服自天子至於庶人上下同之

無有降殺故祭祀之禮雖貴賤有殊俱及於高祖況三世之祖乎此乃人之至情禮之達節也但以廟制揆之則其說有不能盡通者蓋古者宗廟之制天子七諸侯五大夫三適士二官師一所謂名位不同禮亦異數者其制適士以上都宫别殿廟奉一主而又廟必南向主必東向非如後世同堂異室之制也今謂天子諸侯雖七廟五廟祭亦止於高祖者蓋天子除始祖及文世室武世室三廟外餘四廟則高曾祖

考也諸侯除始封之君之廟外所祭者亦高曾祖考之廟耳此其禮之可行而其說可通者也若謂大夫而下咸得祭及於高祖則大夫之廟所奉者曾祖以下之主也適士之廟所奉者祖考之主官師之廟所奉者考妣之主也廟數之外當祭之主奉安於何所而祀之乎既各有廟亦無祭於正寢之義是時又無同堂異室之制如謂同祭於子廟或孫曾之廟者尤非禮意此乃禮之合於人情說之不可行者也故朱

子雖著之家禮而語録復有祭三代已為僭之説豈亦疑此曲折與其月祭享嘗之别以逺近為踈數者所疑與前亦無異也禮家又言大夫有事省於其君干祫及其高祖雖以為祭及高祖之驗而復謂干祫之制他未有可考耳豈又疑祫祭非大夫以下之禮也朱子又謂今宗子主祭者或遊宦四方或貴仕於朝非古人越在他國之比不得使支子代祭必欲酌其中制適古今之宜則宗子所在奉二主以從之上

不失萃聚祖考精神之義其自注云二主常相依則精神不失矣下使宗子得以田禄薦享祖宗按此乃古人所未有朱子以義起者可謂處禮之變而得其中矣但所謂二主者未知指何主而言也說者謂四代考妣之主耳若果如此止謂之主則考妣即可知矣何故謂之二主哉其自注二主常相依則精神不分說者又謂考妣之主常依於宗子則精神不散既謂二主相依恐非依於宗子也更以下文留影於家奉祠板而行恐精

神分散之語證之朱子之意似非謂二主依於宗子精神不散也凡此所陳雖大小不同其疑一也伏望先生誨其未至而袪其所疑庶幾倀倀之人畧有定向乆渴善訓曷勝企仰之至

答曰古者天子祭七廟初受命之王為太祖其廟居中東三昭西三穆凡六東西之南廟為禰為祖東西之中二廟為高為曾此謂之四親廟東西之北二廟祭高祖之父與高祖之祖為二祧廟親廟四祧廟二合之為三

昭三穆具有功德之主親盡廟當毀則別立一廟於昭穆北廟之北謂之宗百世不毀與太祖同周之文世室武世室是也合太祖二宗三昭三穆則謂之九廟此天子之制也若諸侯則始封之君為太廟高曾祖禰為四親廟是曰二昭二穆無二祧亦無有功德之宗故具祫祭也但有時祫而無大祫時祫者遷二昭二穆之主合祭於太廟也大祫者三昭三穆二宗之外凡廟之已毀者皆得合食於太祖之廟也大夫三廟初為大夫者居

中曰太廟一昭一穆祖禰也上士二廟惟祖與禰無太廟中士下士一廟禰廟而已無祖廟也庶人無廟祭父於其寢而已中士下士之常祭但得祭禰若欲祭祖則於禰廟祭之上士欲祭曾高則於祖廟中祭之大夫欲祭祖以上則於太廟祭之古者唯天子諸侯有主大夫士無主祭則設席以依神而已伊川所制之禮大夫士皆有主皆得祭及高祖僭諸侯之禮也至若冬至祭始祖立春祭先祖則僭天子禘祫之禮矣故朱子初亦依

伊川禮舉此二祭後覺其僭遂不復祭後世既無封建
則斟酌古今之宜三品以上得如古之諸侯祭及四世
但既無封國則不當有主六品以上如大夫禮七品如
上士禮八品九品如中士下士禮如此庶幾近之朱子
所謂二主者此言繼禰之宗子載其考妣二主以行耳
所謂二主常相依則精神不分者言其考妣之精神常
與神主相依不别立祠板之類也干祫及其高祖者干
謂由下而達於上也高祖本無廟若或立功於國君寵

錫之則得合祭四代上及高祖大夫則祭於其太廟上士則祭於其祖廟中士則祭於其禰廟以上姑舉其大概不及詳悉也或曰禮隨時制宜有損有益大夫士有主自伊川所定之禮始然亦無害於義但是有廟者有主其無廟者其主埋於墓所若欲追祭則設席依神而祭於有主者之廟況如今制皆非古則只當且因循伊川所定之禮行之

文忠集卷六　　元　王結　撰

雜著

善俗要義

皇帝聖旨裏順德路總管府准本路總管王太中關會驗先欽奉詔書一欵內外官吏自今公勤奉職廉慎律身遵行詔條惠安黎庶以副委任之意欽此伏覩累降詔書聖旨訓勅在位之人勸課農桑興舉學校宣明教

化肅清風俗德至渥也凡在官守各務遵行竊詳當職
猥以庸虚叨膺承流宣化之寄仰祇恩命俯慚吏民夙
夜憂惶罔知所措治簿書嚴期會恐不足以塞責是用
仰遵明詔訓勑臣下之旨竊取古人富而教之之意定
擬到人民合行事理名曰善俗要義凡三十三件葢將
使之勸農桑正人倫厚風俗遠刑罰也謹已繕寫成帙
合行移關請照驗更為講究可否行下合屬仰各處正
官教官及社長社師人等照依備去事理以時訓誨社

衆務要據行共求實效所在士民苟能講明而遵用之
其於敦本抑末之術遷善遠罪之道亦未必無小補云
所定善俗名件開列於後准此
總管府議得郡守縣令民之師帥非止辦賦稅理詞訟
而已務要課耕桑以厚民生明教化以正民俗方稱朝
廷委任之意總管王太中定擬到善俗要義甚得撫字
教養之方令繕寫成帙隨此發去合下仰照驗仍令本
縣依上録寫遍下各社須要正官教官社長社師人等

照依備去諭民事理以時讀示訓誨務令百姓通知勸之遵用舉行將來漸有實效若有頑悖之人訓導不從亦仰依法懲治施行

一曰務農桑

夫治國之道養民為本養民之術務農為先葢人生所資惟在五穀布帛所以累奉條畫勸民敦本抑末勤修農桑者以此故也然閭所在民衆通曉務農勤力耕桑者不為無人其苟且之徒未盡地利游惰之輩荒廢本

業者亦多有之今後仰社長勸社衆常親農桑之書文
兄率其子弟主戶督其田客趁時深耕勻種頻併鋤耨
植禾藝麥最為上計或風土不宜雨澤遲降合晚種穛
田瓜菜者亦可併力補種更宜種麻以備紡績蠶桑之
事自收種浴川生蛾餵飼以至成繭繅絲皆當詳考農
書所載老農遺法遵而行之家長率一家男女勸用心
用力四十日間干繫一年生計若婦人得閒伏中便可
織絹沈容勝似餘月如此上可以辦納差稅下可以一

家溫飽苟有蓄積雖遇凶年亦免饑寒之患也

二曰課栽植

古人云十年之計種之以木若栽桑或栽他果何必十年三五年後便可享其利也更能修治得法久遠則益無窮本路官司雖頻勸課至今不見成效葢人民不為遠慮或又託以地不宜桑往往廢其蠶織所以民之殷富不及齊魯然栽桑之法其種植移栽壓條接換效驗已著苟能按其成法多廣栽種則數年之間絲絹繁盛

亦如齊魯矣如地法委不相宜當栽植榆柳青白楊樹十年之間枝梢可為柴薪身幹堪充梁柱或自用或貿易皆為有益之事其附近城郭去處當種植襍果貨賣亦資助生理之一端也

三曰廣儲蓄

古者三年耕必有一年之食九年耕必有三年之食蓋公私共為儲蓄所以雖有水旱民無菜色今所在人民雖多田之家亦不為遠計或有餘糧必趁物價貴時傾

廩糴賣以圖一時之利後值凶年貧民流移趁熟有田者亦遭饑餓之苦良可嘆也今後人民但有收成除緊急用錢必合糴賣外當漸為儲粟之法一年之間能積三兩月糧歲月相繼蓄積自多又當新陳換易以防浥變不幸或遭凶歉斯民庶免饑餧流散之患此事所慮者遠所備者大諸君宜加意遵行也

四曰育牝牸

陶朱公欲速富養五牸如各縣鄉有宜畜牧去處仰有

力之家多養牸牛母羊隨時收放如法柵圈養育得所孳字必多牛供耕種羊堪貨賣翦毛飲酪皆為利益善於治生者所宜斟酌遵行也

五曰畜雞豚

孟子曰雞豚狗彘之畜無失其時七十者可以食肉矣且五牸之中雞豚易置猪種取短嘴無柔毛者良若近山林宜多豢養收放池面窄隘去處隨宜養收雞種取桑落時生者良一雄可將四五牝雞籠内著棧如法畜

養如此則雞豚蕃息上可以供老者之食下可以滋生理之事也

六曰養魚鴨

陶朱公曰治生之法水畜第一魚池是也仰附近河渠有地有力之家疏鑿池沼中溜洲求懷子鯉魚及牡鯉魚納於其中二年之後其利無窮鴨尤易養無所不食水傍育之滋孕蕃息更有可栽種蓮藕蒲葦菱角雞頭去處亦仰多廣栽植亦治生之良法也

七曰興水利防水患附

自昔水田號為常稔葢旱乾則引水灌漑霖雨則開堰踈放且收數倍於陸田而粳糯又比穀麥常貴邢臺南和等縣瀕澧河鄉村從前分引溝渠澆灌稻田近水農民久蒙利益然聞南和任縣之境澧河上下尚有水勢可及之處居民憚於改作不知開引調度湮塞農利良可惜也仰瀕河有地之家果然水勢可及當計會通曉水利之人鑿渠引水改種稻田若獨力難成或無知水

利者可采畫地形水勢陳説堪以興修事理申告上司添力開挑如地高泉脉不能上流仰成造水車設機汲引澆灌田苗有不解製造者亦聽申覆上司開樣須降此皆江淮已驗良法條畫許令舉行雖南北風土不同亦有可為之處農民慎勿樂因循憚改作視為迂闊而不之信也又聞其餘縣分附近沙洺河及漳漯舊河渠地面每歲五六月霖雨連旬諸水泛濫平地漫流淹没禾稼各宜以時修理隄防備禦水害若私已難辦必資

衆力成就者亦聽申報官司相度差撥以為一勞永逸之計

八曰殖生理

城郭之民類多工商工作器用商通貨財亦人生必用之事而民衣食其中勤謹則家道增長怠惰則生理荒廢家道增上可以辦差役下可以足衣食然城居子弟易為游蕩各家父兄當嚴加訓導防制常使勤修本業勿令無故飲宴及游行非理之地以致奢侈淫放費用

資財

九曰治園圃

穀麥充饑蔬菜助味皆民生日用不可闕者昔龔遂守渤海勸民每口種薤百本葱五十本韭一畦及課農桑畜牧之事吏民漸皆富實張忠定公為崇陽令遇農夫買菜出城者執而笞之諭使自種今農民雖務耕桑亦當於近宅隙地種藝蔬菜省錢轉賣且韭之為物一種即生力省味美尤宜多種其餘瓜茄葱蒜等物隨宜栽

植少則自用多則貨賣如地畝稍多人力有餘更宜種芋及蔓菁苜蓿此物收數甚多不惟滋助飲食又可以救饑饉度凶年也

十曰辦差稅軍站錢附

古人云民者出粟米麻絲作器皿通貨財以事其上者也蓋有户則有差有地則有稅以至為軍為站出征給驛普天率土皆為一體此古今之常經上下之定分與生俱來而不可免者農工商賈各治生理農民於蠶麥

秋田收成之後先須存留絲絹糧斛以備送納合著差税軍站等錢上以供朝廷之用下以辦一家之事又可以免官府催督之煩鞭撻之苦也所在工商亦仰准此如貧民有舊債未還婚喪急用不能存留者又須别有小小生理撙衣節食亦當早為辦納也

十一曰聚義糧

義倉者豐年貯蓄儉歲食用此朝廷之甲令而近古之良法也令歲稍有收成隨社人户合照依條畫各驗口

數每口存留義糧一斗或穀或襍色物料社衆商議於本社有抵業信實之家如法收貯勿致損壞儻遇凶年還驗元納口數支散食用所在官司過往軍馬不敢支升合若有被災人戶田禾不收不在存留之限此迺有備無患之道諸人亦當思患而豫防之也

十二曰勤學問

衆人之生性中皆有仁義禮智惟學乃能知其理而造其道賢人君子皆由此致若不解學問則懵然蚩蚩之

民朝廷開設學校勉人讀書者以此故也凡所在人民
除家道窘廹資質昏庸者外其餘稍殷實之家父兄率
其子弟皆當親近師儒讀理義之書講人倫五常之道
若年長失學且讀小學一部其修身正家皆備於此年
壯明敏更讀大學語孟義理漸解務要踐履所讀之書
始於一身推於一家信言謹行正心修身父慈子孝兄
友弟恭男女有别長幼有禮尊官長畏刑憲人倫既明
風俗自厚其天資穎悟篤於學問之人更傳習合讀經

史曰進不已漸至該洽則為國士天下士矣若言人民各治生理别無閒暇仰候農隙或秋冬之夜果肯用心自然有進且人之圍棊飲酒皆有工夫況學問乃自家喫緊之事所宜勉强著力也小兒七歲以上便合讀書候年齒漸長亦令講明久遠如此循行漸見俗化淳美人才成就方副朝廷崇儒建學之意云

十三曰敦孝悌

善事父母曰孝善事兄長曰悌雖閭閻村野小民誰不

知愛其父母敬其兄長然俗薄教廢其間不能修子弟之職者亦或有之父母者生我乳我養之成人教之成材兄者與己同胞共乳分形連氣先我而生者果能以此思之其所以事之者自當竭盡子弟之職也事父母之道勤力代其勞若治生供其奉養更當和氣柔色宛轉承順若家貧甘旨不充但衣食粗給得其歡心亦不失為孝悌也自己如此子弟效之亦復能然則人倫明而家道正矣人能愛親敬兄自知尊卑之禮上下之分

至於狎侮耆老告訐官吏之事亦不敢爲而悖逆亂常自然無有矣此五常之先百行之本諸君當勉力行之也

十四曰隆慈愛訓子弟附

人之父母孰不知愛其子弟然徒愛而不知訓以義方適足以長其驕傲滋其怠惰士農之子不務學問不勤耕桑工商之家不習本業不慎行止年齒漸長凶悖日增此等之人又豈知愛親敬兄事長上睦親友之道哉

令後凡四方之子弟自幼便入學誦書即教以事親事長之禮又常丁寧訓導使之謹慎篤實恭敬遜讓習熟見聞漸能成立稍長資性明敏者可使習儒其餘之人農工商賈各守其業亦不失為鄉里善人矣又有父母慈愛不均好惡偏黨數子之中私其一二衣食貲財妄分彼此以致昆弟不睦娣姒不和則骨肉猜怨而家道乖離矣為人父母切宜戒之

十五曰友昆弟

兄弟者同胞共乳分形連氣至親至厚也古人以手足為喻蓋謂四肢雖異本係一體以此觀之其友愛當何如也令人豈不知兄弟之愛多因寵其妻子偏聽私言計較短長爭競多寡以致父母在堂分財異居互相告訐患若賊讎滅天親敗人紀此等之人豈知有仁義之心哉若能思同胞共乳分形連氣之理脫然覺悟則兄愛其弟弟敬其兄臨財相讓遇事相謀通有無共憂樂愛敬既篤家室自和如此不唯人喜悅天道亦當佑助

也

十六曰和夫婦

君子之道始於閨門袵席終於天下國家葢情愛之私易於陷溺故夫婦之間恩禮並用為夫者當正身以率之勤儉以道之勿聽其私言勿狥其偏見婦人又當和柔婉順敬其所天紡績織紝謹守婦職如此則夫婦和而家道正矣今之人溺於情愛者惟婦言是用至於父兄背戾其忘棄恩義之人則又富貴别娶凍餒糟糠婦

人亦有欺昧夫主喪其所守所以夫婦不和子婦失教一家之内互相憎疾爲人如此又安知有禮義亷恥之事哉禮義亡人道滅矣凡爲夫婦者切宜深戒也

十七曰别男女

古之人男女不親授受内外異居飲食異處出門男子由右女子由左所以防閑分别者至嚴至密也近年禮教不修風俗薄惡男女無别僧尼混淆其士夫知禮之人家法嚴明閨門整肅者固多有之然閭閻之間良

家婦女頗有追遊結托出入權門者既失防閑中豈無弊亦有貧窮之人素無教養甘處汙賤者廉恥道喪事難盡言更有好訟之婦不離官府甘受捶撻絕無羞愧葢皆家長夫主處身不正訓導不嚴之過此等之人親戚惡之鄉里賤之刑法坐之其異於禽獸者幾希矣若能知恥改過依理治生夫夫婦婦有禮有別則親戚鄉黨自然尊敬為善甚易諸人何憚而不行也

十八曰正家室

閨門之內恩常掩義家道不睦生自婦人蓋因娣姒入門異姓來聚恩義疎薄猜妬日深競短爭長互相譖愬男子剛正者少皆為所移兄弟之間友愛漸弛以致分財析户致訟連年反易天常悖逆倫理跡其厲階盡由婦人然男子果能剛正不私以慈畜之以莊涖之自其初來教之奉養舅姑尊敬冢婦輯睦親戚協和諸婦儻有譖言嚴加呵責如此則父子昆弟親愛日隆一門之內雍熙和悅子孫必當昌盛神明亦降福澤諸人幸宜

深思而力行也

十九曰尊官長

民生有欲羣聚必爭朝廷內置公卿外建守令所以撫養疲癃整治强暴辨其枉直定其是非然後士農工商各安其業故官之與民其尊卑之叙上下之分乃天造地設而不可易也爲其民者當尊敬畏服聽其號召遵其約束雖其人貪冒無知在吾所以奉之者亦不敢不盡也人能如此不惟苟免刑罰蓋官府乃朝廷署置我

能敬之是重朝廷而畏天命也百姓敬官府官府尊上司四方遵朝廷則上下辨民志定而天下治矣至於社長亦上司設立使之勸課農桑諭解詞訟奨率勤謹訓戒游惰社衆亦當尊敬其人聽其教誨也

二十曰親師儒

人之為學必資師授故獨學無友則孤陋寡聞師資既備義理易窮其修己治人之方事親從兄之道亦皆可以漸致此後生晚學必當隆師取友也雖年長失學果

能親近讀書有道之人聽其言議觀其行事漸摩既久為益必多

二十一曰睦宗族

人家宗族雖有不同遡其源流皆吾祖宗之後是祖先一身分為吾羣從諸父昆弟也苟能以此思之則近者固宜親愛遠者亦當輯睦吉凶慶弔隨宜往還伏臘歲時稱情歡會相愛之意深相親之情厚息其患難助其貧乏之子孫化之鄉里效之不惟宗族和睦風俗漸當淳

美若不親其宗族而趨附他人者人亦賤惡而不之信
葢於所厚者薄無所不薄矣

二十二曰敬耆艾

論語曰鄉人飲酒杖者出斯出矣此言孔子事長之禮
未出不敢先既出不敢後葢極其尊敬恭順也夫鄉里
耆艾之人或與父祖輩行或與兄長比肩自吾髫齡以
至成人其撫字存問情意甚厚吾能尊崇愛敬是尊敬
吾父祖兄長也且敬人之父者人亦敬其父敬人之兄

者人亦敬其兄不惟盡吾事長之禮吾之父兄人亦中心尊敬之矣九十八十之老朝廷頒賜絹帛仍許一子免役顧吾何人而敢不敬耶

二十三曰正婚姻

人倫之道始於夫婦夫婦之本正自婚姻婚姻之事又當謹其始而親信以終之也凡娶婦嫁女必先察其壻婦性行及其家法何如然後明立婚約稱其貧富辦納聘財及物雖有多寡不同必須精粹堅好却不得以濫

惡克數其要約日期各宜遵守又當隨其豐儉聊備酒食以會親戚故舊此所以合婚姻之懽厚男女之別以和夫婦以正人倫也近年婚姻之家貪慕富貴權勢不為男女遠圖或結婚之後隨即乖爭計較聘財多寡責望資裝厚薄興訟連年紊亂官府以致男大不婚女長不聘婦姑失和翁壻相怨傷風害義莫此為甚又聞府中人家亦有苟貪財賄甘與異類為婚者此又風俗薄惡家法污穢之極可羞可賤而他處所無有也然皆父

母凡長之過聞吾言而思之豈無愧恥之心哉嗚呼良家女子安忍配偶異類之身乎今後凡議婚姻欽依元定聘財選擇氣類相同良善之家又遵用吾說謹其始而以親愛信實終之則人倫漸明風俗漸厚矣

二十四曰致勤謹

古語曰勤能勝貧謹能勝禍葢言勤力可以不貧謹身可以免禍務耕桑修蠶織葺園圃栽樹株利溝渠理堤堰通貨財皆勤力之事也孝於父母順於凡長言行慎

容出入安詳非善勿友非義勿取不學賭博不作盜賊不好爭訟不競貪淫皆謹身之道也人能如此不惟勝貧免禍鄉黨識者必皆愛重稱為善人君子矣

二十五曰擇交游

古人云與善人居如入芝蘭之室久而與之俱化與不善人居如入鮑魚之肆久而不聞其臭矣蓋人生斯世必與同類交游苟不慎擇為患非細所宜親近善良避遠凶惡善良接近則日聞善言日見善事久久習慣則

我亦進於善人矣凶惡不遠則輿引詞訟觸冒刑法小則危其身大則及其家是亦陷於凶人矣二者之間得失甚著惟在審於其初而慎其決擇耳

二十六曰賑饑餒

近年水旱為災民多流亡凍餒朝廷散錢給米所活甚多又嘗著令如所在人户能施米賑饑減價准糶者量其多寡賞以官爵當時江南山東之人已有能奉行者隨即受命作官人矣若不幸遭遇饑饉富實多田之家

或廩有餘粟果能賑施平糶不惟仰承德意榮取官爵而冥冥之中又積陰慶古人所謂百年之計種之以德也

二十七曰恤鰥寡（助死喪附）

鰥寡孤獨天民之窮者也尚賴官給衣糧僅能保養以終天年其餘惸獨之人不在收係贍養之數者亦間有之然城郭之內鄉村之中豈無疎遠宗族中表親戚若衣食僅能自足者固所不論其稍有贏餘之人亦安忍

坐視其操瓢挈囊哀號叩哭乞丐於市而不救恤之哉況上司明文鰥寡孤獨親戚不行收養者有罪令後仰所在人户家業稍完者若中外親戚有孤窮乞丐之人即當收恤隨時量給糧食使之粗充口腹其人如年未衰老耳目猶存手足不廢仍為分付農家令其傭作以自贍給女子可嫁者聊備衣服即與嫁之葢所以廣孝友之道布惠澤之施又可以免官府懲治之責也若同里之人死亡家貧不能營葬者亦仰衆家隨其多寡資

助錢物置買棺槨衣服衆力共為埋瘞庶免骸骨暴露亦仁者用心之一端也

二十八曰息鬬訟

古之人行者讓路耕者讓畔下不犯上畀不言尊所以厚風俗而正綱紀也近年民間爭鬬日興造訐成俗稍相違忤便至紛爭或侵數壠之田或競一尺之地親戚故舊化為仇讐甚則醜詆骨肉陰私訐舉官府過錯誣陷昏頼無所不為此皆守土之官失於訓導撫治之過

而人之如此亦流為狡猾凶頑好訟之徒矣今後各縣正官及社長人等勸諭所在人民興行禮讓叙别尊卑若鄉里之人有愚戇無知誤相觸犯酒後迷酗偶相詆毀者皆宜容忍以全親故之情田畝宅舍明有界畔各當固守勿相侵奪至于告訐則害吾之恩告官府則傷吾之義俱宜悛改勿陷凶猾父兄能行之於上子孫皆效之於下如此則化為忠厚之人而成禮義之俗矣

二十九曰禁賭博

人之營治生理各有常業能安其分衣食自充近年所在貧民為資本不多利息細微凡交易諸物不肯依理貨賣輒行用錢賭博妄意一勝以圖獲利之多而買物之人亦思僥倖共争勝負似此愚民豈有家業增充但見貧窘日甚而又觸冒禁條重負刑責又有游蕩無賴之徒專以齎持錢物共為賭博勝者則視為易得之財非理費用負者則思為報復之計再破家貲一勝一負各致窮空别無所圖皆化為賊盜矣今後仰隨處社長

及人家父兄各宜以此勸諭社衆訓教子弟依理勤謹治生勿得照前妄作若不悛改更仰申報官司依法懲治

三十曰弭盜賊

人於萬物最靈最貴然均是人也亦有國法所必誅鄉里所不齒父不以為子妻不以為夫者何哉盜賊是也原其初心亦安肯遽至於此或好行賭博費財空竭或貪迷酒色家產破蕩或習為手搏或學美槍刀漸啟凶

心以至為盜一黥其臂無復自新今後仰所在人民其子弟七八歲時便令入學讀書年齒稍長教之各遵本業或有好飲博習凶藝者即宜禁止訓戒勿使漸成姦惡累及父凡妻子仍仰隨處社長如社內有游惰之人似前為非亦行依理訓誨若不悛改申報所在官司隨即懲戒庶幾早能知恥自新是亦弭盜之一端也

三十一曰明要約

作事謀始古人所貴後世文約契劵益亦謹始之道所

以防其爭且欺也近年風俗偷薄巧偽日增凡田宅婚姻債負良賤偶因要約不明多致爭訟昏賴紊亂官府動涉歲年干礙平人妨誤生計亦有詐立契約公肆欺謾者然理曲之人終亦敗露身負罪責名陷凶徒竟亦何得也今後民間婚姻田宅等事及兩相貿易合立文約者皆須分明開寫年月價值期限證佐以備他日驗勘防閑既密爭告漸稀欺偽之徒自有刑憲是亦善風俗止詞訟之一事也

三十二曰罷祈享

古人云神不歆非類民不祀非族蓋士庶人所當祭惟己之祖考及五祀之一故聚衆祈享朝廷屢有禁條所以正人心而消奸究也近年俗薄教廢所在人民類多不知祇奉祖考往往鳩錢集衆僭越祠祭及冒犯非族殊失禁約之旨且幽明人鬼之間褻瀆爲甚神既不歆有罪無福今後士大夫家欲盡奉先之孝者以時致祭典禮具存庶人亦當歲時祭其祖考以盡追遠之誠其

閭里鄉村之人不得聚集人衆祈享祠廟凡金書旗幟
俗號曰賽社者仰社長省諭即時拆毀罷散若訓誨不
從尚蹈前非是爲頑悖官有嚴刑

三十三曰戒游惰

士農工商各有常業謹身勤力衣食自足前已屢言之
矣頗聞人家子弟多有不遵先業游蕩好閑或蹴踘擊
毬或射彈粘雀或頻游歌酒之肆或常登優戲之樓放
恣日深家產盡廢貧窮窘迫何惡不爲鄉村之民亦有

不務耕鋤不勤蠶織呼召黨類趍集飲酒者甚至與妻
同姓以致男女混淆今後果有似此游蕩之人父兄嚴
加訓戒社長丁寧勸諭庶能悔過自新若循襲不改仰
申報所在官司依法懲戒

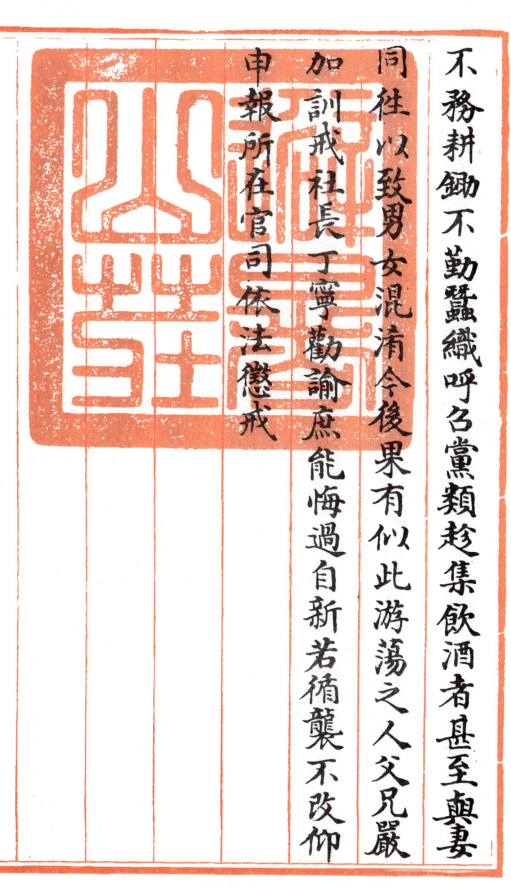

謄錄監生臣婁春坊

圖書在版編目（CIP）數據

文忠集 / (元) 王結撰. — 北京：中國書店，2018.8
ISBN 978-7-5149-2108-3

Ⅰ. ①文… Ⅱ. ①王… Ⅲ. ①中國文學－古典文學－作品綜合集－元代 Ⅳ. ①I214.72

中國版本圖書館CIP數據核字(2018)第084848號

四庫全書·別集類

文忠集

作　者　元·王結 撰
出版發行　中國書店
地　址　北京市西城區琉璃廠東街一一五號
郵　編　一〇〇〇五〇
印　刷　山東潤聲印務有限公司
開　本　730毫米×1130毫米　1/16
印　張　15.125
版　次　二〇一八年八月第一版第一次印刷
書　號　ISBN 978-7-5149-2108-3
定　價　五六　元